Marisa Lajolo

LITERATURA:

LEITORES & LEITURA

PROJETO GRÁFICO: SILVIA RIBEIRO

EDITORA MODERNA

COORDENAÇÃO EDITORIAL: Maristela Petrili de Almeida Leite
EDIÇÃO DE TEXTO: Lucila Barreiros Facchini
COORDENAÇÃO DA REVISÃO: Estevam Vieira Lédo Jr.
REVISÃO: Rosane Scoss Nicolai e Sônia Scoss Nicolai
CAPA E PROJETO GRÁFICO: Silvia Ribeiro
FOTO DE CAPA: Tim Simmons / Stone-Getty Images
DIAGRAMAÇÃO: Maria Lucia F. Couto
SAÍDA DE FILMES: Helio P. de Souza Filho
COORDENAÇÃO DO PCP: Fernando Dalto Degan
IMPRESSÃO E ACABAMENTO: Lis Gráfica e Editora Ltda.

Dados Internacionais de Catalogação na Publicação (CIP)
(Câmara Brasileira do Livro, SP, Brasil)

Lajolo, Marisa
Literatura : leitores e leitura /
Marisa Lajolo — São Paulo : Moderna, 2001.

1. Literatura 2. Teoria literária I. Título.

01-1138 CDD-800

Índices para catálogo sistemático:
1. Literatura 800

ISBN 85-16-02776-7

EDITORA MODERNA LTDA.
Rua Padre Adelino, 758 - Belenzinho
São Paulo - SP - Brasil - CEP 03303-904
Vendas e Atendimento: Tel. (0_ _11) 6090-1500
Fax (0_ _11) 6090-1501
www.moderna.com.br
2007
Impresso no Brasil
1 3 5 7 9 10 8 6 4 2

Este livro é dedicado a meus alunos, tantas vezes meus mestres.

Queridos discípulos e discípulas, tão insubstituíveis na formulação de questões, tão impacientes e saudavelmente polêmicos na discussão de problemas! E, sobretudo, sempre tão solidariamente presentes ao longo de cursos, pesquisas, corredores e internet!

Este livro re-escreve O que é literatura, *que publiquei pela Editora Brasiliense em 1982. De lá para cá muita coisa mudou e muito. Esta nova versão tenta dar conta de pelo menos algumas dessas mudanças. Em vários momentos pedi socorro a amigos, que deram ombro e colo, além de sábias e oportunas sugestões. Obrigada por elas, Alda (Grisoli), Carlos (Minchillo), Eduardo (Duarte), Márcia (Abreu), Maristela (Petrili), Regina (Zilberman) e Sílvia (Quintanilha Macedo) e perdão se algumas delas ficaram perdidas por teimosia da autora.*

Sumário

Capítulo 1

(onde se põem algumas cartas na mesa, tiram-se outras da manga, funda-se o Clube dos Leitores Anônimos, e se pergunta: o que é literatura?)

Cuidado, leitor!
Ao dobrar esta página,
Nada tema: o poeta
É só um sonho do poema.[1]

Benvindos todos, leitoras e leitores, a estas maltraçadas linhas!

Fico encantada de estarmos juntos nesta discussão, no momento em que tanta gente anda dizendo que a literatura morreu. Você, eu, seu amigo, minha colega, e todos os outros sócios do Clube de Leitores Anônimos sabemos que é mentira, que a literatura vai bem, obrigada, está vivinha da silva, e até manda lembranças...

1 Vogt, Carlos. "Advertência", in *Geração*. São Paulo, Brasiliense, 1985, p. 9.

Mas ela mudou.

Mudou muito.

Mudou de cara, de endereço e até de família.

E tem quem não a reconheça no novo endereço, tem quem desfaça da parentela que veio de longe. Tem uma voz ali atrás, resmungando: então música popular é poesia? Telenovela tem tanto valor quanto romance? Folheto de cordel tem a mesma importância estética que a epopéia...? São vozes rabugentas, mas paciência, que nesta conversa volta e meia vamos ter de dialogar com estes e com outros resmungos semelhantes.

São resmungos de alto coturno: os donos dessas vozes dão aulas, escrevem livros imensos, dão entrevista aos jornais. Quando já não vestem, pretendem vestir o fardão da academia, e nem se incomodam que do traje engalanado se desprenda um leve cheiro de mofo...

Na semana passada, um jornal de grande tiragem publicou um artigo que dizia muito do que essas vozes dizem:

> [...] VICIADA NA TELEVISÃO E EM HISTÓRIAS EM QUADRINHOS, E JÁ AGORA TAMBÉM EM VIDEOGAMES, A JUVENTUDE DE HOJE É POUCO AMIGA DOS LIVROS E DÁ AS COSTAS À LEITURA. DONA DE UM VOCABULÁRIO MUITO PARCO, SUA FALA É AINDA CORROMPIDA PELA GÍRIA DAS RUAS E PELOS ESTRANGEIRISMOS QUE AMEAÇAM A SOBERANIA DA LÍNGUA NACIONAL. MESMO NOS CURSOS DE LETRAS, NÃO POUCAS VEZES OS CLÁSSICOS DA LITERATURA SÃO SUBSTITUÍDOS POR AUTORES MENORES, ESTETICAMENTE INEXPRESSIVOS, QUE NADA TÊM EM COMUM COM A ESTIRPE DE UM MACHADO DE ASSIS OU DE UM GRACILIANO RAMOS [...]

Mas que ninguém se assuste. Esse pessimismo todo não tem nada de novo. Salvo raras exceções, intelectuais e professores foram sempre *do contra* quando se trata de novidades culturais.

E a literatura hoje ganhou cara nova.

A literatura hoje não é mais artesanal nem é produzida por umas poucas indústrias ou escrita por uns poucos escritores que têm o monopólio do mercado e da opinião. Hoje a literatura é produzida por uma indústria tão sofisticada quanto a indústria de alimentos, que oferece molho de tomate para todos os gostos, com coentro ou sem cebolinha, com pedaços grandes de tomate ou como creme homogeneizado.

Macarronada *per tutti*!

Quando Castro Alves (1847-1871)[2], grande poeta brasileiro, descrevia — há bem mais de um século — seu sonho de um mundo onde houvesse *livros, livros a mancheias,* estava profetizando o nosso hoje. Pois os livros, a partir de meados do século XX, multiplicaram-se vertiginosamente, inclusive no Brasil.

Livros de todo feitio, para todo feitio de leitores.

Romances de amor para quem curte histórias cheias de beijos intermináveis e quentes, e romances sem amor para quem se amarra em histórias de tráfico, bandidagem e armamento pesado. Histórias com que se gargalha, e histórias com que se sorri de lado. A literatura fala de vários mundos: alguns parecidíssimos com o nosso, onde, por exemplo, tem gente que morre de fome nas ruas, e de mundos muito diferentes, onde vivem espíritos, anjos, energias e demônios. A literatura hoje traz para o nosso lado mundos prometidos pela ciência, com seres artificiais sofisticados e com seres naturais manipulados em laboratório. Há histórias com palavras e com imagens e histórias só

---

2 Datas de nascimento e morte de escritores brasileiros falecidos, bem como data de publicação de suas obras, são indicadas a partir do *Pequeno dicionário de literatura brasileira (biográfico, crítico e bibliográfico)*, de Massaud Moisés e José Paulo Paes (São Paulo, Cultrix, 1980, 2. ed.). De autores e obras estrangeiros, as informações aqui fornecidas vêm da obra *La nuova enciclopedia della letteratura Garzanti*, Garzanti Editorial, 1987.

com imagens. Poemas que são imagens e imagens que são poemas, poemas curtinhos empilhando palavras, poemas compridos espaçando palavras, poemas com rima, poemas sem rima...

Ou seja, arrombou-se a festa, querido leitor.

A literatura, hoje, parece estádio de futebol em dia de final de campeonato: sempre cabe mais um, e tem até cambista vendendo ingresso para quem chega tarde. Mas há também, é claro, o setor das numeradas e das cadeiras cativas: pois a literatura de que falam os que resmungam continua viva, vai bem, obrigada, e até manda lembranças. Apenas não está mais sozinha em cena. Está acompanhada e muito bem acompanhada! Ao lado dos romances esotéricos, da poesia de auto-ajuda, da ficção científica e do romance policial, continuam a ser lidos e apreciados os romances de antigamente, as novelas de cavalaria, os chamados clássicos, a poesia. Talvez venham dessas múltiplas faces da literatura os resmungos mal-humorados que zumbem em nossos ouvidos.

O que quer dizer que Homero (séc. IX a.C.), Dante Alighieri (1265-1321), Eça de Queirós (1845-1900) e Guimarães Rosa (1908-1967) escreveram, mesmo, coisas excelentes. Excelentes e distintas do que escrevem hoje os Titãs, Paulo Coelho, Rodolfo Cavalcanti e J. Grisham.

Mas diferente não quer dizer pior.

Só quer dizer diferente.

Mas, geralmente, as vozes donas da verdade usam óculos que vêem o diferente como pior e estão habituadas a terem sempre razão. Por mais divergentes e contraditórios que sejam seus pontos de vista sobre a literatura, eles acabam recaindo sempre no mesmo universo. Universo imenso, mas com fronteiras: limitado por Marcel Proust (1871-1922) ao Norte, Jorge Luís Borges (1899-1986) ao Sul, Clarice Lispector (1926-1977) a Leste e... quem mesmo a Oeste? Edgard Allan Poe (1809-1849)? T. S. Eliot (1888-1965)? Poe e Eliot a Oeste, certo! Além de terem cacife alto, os resmungões não resmungam por mal, coitados. Aprenderam só de um jeito, o deles!

Ou seja, embora uns prefiram Oswald de Andrade (1890-1954) e outros Drummond de Andrade (1902-1987), há algo em comum entre eles, além da coincidência de sobrenome dos poetas que preferem. Todos eles assumem as posições que assumem a partir e em nome de uma tradição cultural que vem se construindo há séculos. A questão *o que é literatura?* para qualquer um deles — como para qualquer intelectual de sua classe e quilate — exige respostas que retomem e atualizem tudo o que até hoje já foi escrito sobre o assunto.

Mas essa tradição cultural que os apóia, se tem o respaldo de muitos séculos, tem também a civilização burguesa por horizonte. A civilização burguesa é branca, masculina e bem alfabetizada, não é mesmo, leitores proletários, e leitoras negras?

Aquém e além dos que resmungam, uma multidão de gente, você, eu, todos nós, sócios entusiasmados do Clube dos Leitores Anônimos, eventualmente já nos perguntamos e já nos respondemos *o que é literatura?* Perguntas permanentes, respostas provisórias. Tão permanentes umas e provisórias outras quanto o são as perguntas e respostas com que lidam os intelectuais do time dos que reclamam e resmungam. Só que sem o reflexo do espelho, das citações, dos interlocutores.

Então, em igualdade de condições, é arregaçar as mangas e pagar pra ver.

Capítulo 2

(onde se contemplam, com curiosidade malsã e piscar de olhos irreverente, várias faces do que se chama de literatura)

Lembrou-se, antes de dormir, que precisava começar a ler livros mais grossos: demoravam mais para acabar e eram travesseiros mais confortáveis durante a noite.[1]

Não se pode dizer que literatura é aquilo que cada um considera literatura? Por que não incluir no conceito de literatura as linhas que cada um rabisca em momentos especiais, como o poema que seu amigo fez para a namorada, mandou para ela e não mostrou para mais ninguém? Por que não chamar de literatura a história de bruxas e bichos que de noite, à hora de dormir, sua mãe inventava para você e seus irmãos? Por que não seriam literatura os poemas que a jovem poeta escreve no computador, põe na internet e convida os internautas a lerem?

Esses textos não têm a mesma cidadania literária que o romance famoso de Gustave Flaubert (1821-1880) ou de José de

1 Coelho, Paulo. *O alquimista*. Rio de Janeiro, Rocco, 1995, p. 13.

Alencar (1829-1877)? Uma resposta direta à pergunta *o que é literatura?* nem sempre é a melhor saída, leitora compulsiva...

Saiba, por exemplo, que um professor de literatura inglesa contemporâneo de Shakespeare (1564-1616) ficaria espantado se lhe dissessem que Shakespeare *era* literatura.

— *Impossible*! *Never*! Aquele sujeitinho que escreve peças cheias de bêbados e desordeiros, e que é aplaudido por platéias fedidas e barulhentas?

Alguém hoje duvida que Shakespeare seja literatura com ele maiúsculo e tudo? Aprenda então o vivíssimo leitor que *ser ou não ser literatura* é assunto que se altera ao longo do tempo e desperta paixões!

No século XIX carioca, se alguém dissesse aos seriíssimos mestres do Colégio Pedro II que aqueles padres, estadistas e bispos que tinham escrito sermões, orações e poemas à Virgem *não eram literatura*, eles não acreditariam: dava tanto trabalho ensinar aquilo tudo aos alunos!

Os alunos desses professores analisavam sermões, decoravam poemas, imitavam o estilo dos discursos. Os mais dedicados, quando cresciam e iam ser advogados, padres ou políticos, faziam o possível para escrever e falar do jeito dos textos que haviam estudado e que hoje *não são mais literatura*...

Pois um texto literário não é como uma aranha que é aranha desde que nasce e para sempre, que foi aranha no Egito antigo, entre os índios do Arizona e continua a ser aranha nos *cybercafés* cariocas. Um texto pode vir a ser ou deixar de ser literatura ao longo do tempo. Por isso é muito mais divertido discutir literatura do que aranhas, leitora de fé!

E discutir literatura é abrir os olhos e ouvidos, e olhar e ouvir em volta, ler livros, meditar sobre as frases pintadas a *spray* em muros e edifícios da cidade, e fazer a eles a pergunta: *o que é literatura?* Ou ligar o computador, navegar e perguntar às letras, graúdas ou miúdas, de uma ou de várias cores, que escorrem na tela, na horizontal ou na vertical: *o que é literatura?*

As respostas vêm devagarinho.

Alguns livros são muito conhecidos e estão em todas as livrarias, todos conhecem o nome de quem os escreveu. O *todos* da frase anterior é só um modo de dizer. Digamos, *quase todos*, ou, melhor ainda, *quase todos de uma certa tribo*. Pois não há mágica capaz de transformar em leitores quem, por qualquer razão, não pode ou não está a fim.

Parte dos quase cento e setenta milhões de brasileiros que, por direito de idade e por escolaridade oficial poderia ter acesso a bibliotecas e congêneres, por muita$ outra$ razõe$, é como $e não pude$$e. Fora e$$e$, tem ainda quem não está a fim de discutir literatura. Como é que fica quem não está a fim?

Não fica.

Voltando, então: *quase todos* de uma *tribo* dizem ter lido ou pretender ler tal ou qual autor. Fagundes Varela (1841-1875), José Lins do Rego (1901-1957), Dalton Trevisan, Márcio Souza podem incluir-se neste caso. São badalados, são às vezes estudados nas escolas, sua obra é analisada em teses e em congressos. Os vivos recebem convites para conferências, participam de noites de autógrafos, e de feiras de livros.

Já outros — muitos e muitos outros — não desfrutam desta festa toda.

Seus nomes são desconhecidos, suas obras são difíceis de serem encontradas, não constam das bibliotecas, ninguém fala delas. Eles imprimem às vezes seus próprios livros e não encontram leitores para além da família e dos amigos mais próximos.

Em pequenas comunidades, cantadores, repentistas, contadores de histórias — embora só raramente projetem seus nomes nos circuitos eruditos das grandes cidades — são amados e respeitados por um público, que é fiel a eles.

Enquanto isso, em segmentos modernos e requintados da indústria livreira, livros de grande sucesso — os *best-sellers* — podem ser escritos em uma espécie de linha de montagem, começando a produção da obra por um levantamento das expectativas do público: tipo de história de que gosta mais, freqüência esperada de cenas de sexo e de violência, cenários e ambientes preferidos, coisas assim. Com base nesses dados, pode-se escrever um romance *sob medida* para um certo tipo de público. Como investimento comercial, livros desse figurino correm riscos mínimos e oferecem boas perspectivas de retorno financeiro. Em jornais de grande circulação, podemos encontrar anúncios que procuram profissionais para escreverem esse tipo de livro.

Sentiu o drama, leitor dramático?

Com formas tão diferentes de produção e circulação de objetos igualmente denominados *literatura*, será que é possível defini-la? Vamos chamar igualmente de literatura os romances de autores contemporâneos consagrados como Ariano Suassuna e Lya Luft, poesias de Manoel de Barros ou de Adélia Prado e as produções quase anônimas de cantadores de feira e autores marginais? Vão para o mesmo saco (de gatos...) *best-sellers* escritos quase que de encomenda e requintadas obras de vanguarda que apenas poucos leitores entendem? E cabe também a etiqueta *literatura* para aqueles autores como Rui Barbosa (1849-1923) e Coelho Neto (1864-1934), que parecem sobreviver apenas na lembrança de manuais e cursos antigos? Ou, ao contrário, o selo *literatura* também se aplica a romances espíritas e livros de auto-ajuda que ajudam e espiritualizam seus fiéis leitores, mas não são adotados em nenhum curso?

Antes que meu esquivo leitor desista e feche este livro, fique sabendo que o problema não aflige só gente como nós, os humildes sócios do Clube dos Leitores Anônimos. A questão preocupa também gente mais graúda, escritores de grande renome.

Mário de Andrade (1893-1945), escritor paulista, parece ter enfrentado a questão de maneira exemplar: irritado com as intermináveis discussões sobre o que era e o que deixava de ser *conto*, virou a mesa e puxou o tapete no seu livro *Contos novos* (1956): *"Tanto andam agora preocupados em definir o conto que não sei bem se o que vou contar é conto ou não, sei que é verdade"*, dizendo logo depois que "*Conto é tudo aquilo que o autor chama de conto*".

Com esta fala desrecalcada, Mário de Andrade ganha aplausos e admissão no nosso anônimo porém seletíssimo Clube, onde também podemos receber e aplaudir Rubem Braga (1913-1990), autor de outro desabafo exemplar.

Cronista de grande público toda sua vida, Rubem Braga não encontrava seu nome em livros de história literária, nem tampouco se via incluído em cursos de literatura. Considerou-se vingado no momento em que uma antologia de suas crônicas foi incluída numa coleção com um título explicitamente literário, a *Literatura comentada*, editada pela Abril Cultural, por volta de mil novecentos e oitenta e pouco.

Na companhia de Rubem Braga e de Mário de Andrade podemos temperar a voz e voltar a indagar de nossos botões: *o que é literatura?*

Será que são literatura os poemas adormecidos em gavetas, pastas, fitas, disquetes, CDs, cadernos e arquivos pelo mundo afora, os romances que a falta de oportunidade impediu que fossem publicados, peças de teatro nunca lidas nem encenadas e que jamais encontrarão ouvidos de gente? Será que tudo isso é literatura?

Pode ser, pode ser...

E, se não é literatura, por que não é? Para uma coisa ser considerada literatura tem de ser escrita? Tem de ser editada? Tem de ser impressa em livro e vendida ao público?

Infelizmente parece que tem, leitor insistente, parece que tem...

Será então que tudo o que foi publicado em livro é literatura? Mesmo os romances pornô que nenhum professor manda ler, de que crítico nenhum fala, que jornais e revistas solenemente ignoram?

Haja paciência, leitora interrogativa!

A resposta é simples. Tudo isso *é*, *não é* e *pode ser que seja* literatura. Depende do ponto de vista, do significado que a palavra tem para cada um, da situação na qual se discute o que é literatura.

Pensando bem, era, com certeza, mais fácil discutir aranhas...

Capítulo 3

(onde se surpreendem segredos inconfessáveis e espantosos de algumas das faces do que se chama de literatura)

O Rei não obra só; pois, na linguagem,
Obra mais do que o Rei a vassalagem.[1]

Mas chega de rodeios, que paciência de leitor — mesmo a de leitores fidelíssimos como os meus — é curta, não é verdade?

Vamos, pois, a um *finalmente* que dê a sensação de que não perdemos tempo, e que, por esta altura, já estamos mais próximos de saber *o que é literatura* do que estávamos quando contemplávamos este livrinho por fora da capa que protege o mistério de suas páginas.

Uma obra literária é um objeto social muito específico.

Para que ela exista, é preciso, em primeiro lugar, que alguém a escreva e que outro alguém a leia. E, para ela passar das mãos do autor aos olhos do leitor, várias instâncias se interpõem: editor, distribuidor e livreiros são três delas. O

1 Apud *O polichinello*, 21 maio 1876, n. 6. ano I, p. 2, s/autor.

trio constitui uma espécie de *corredor econômico* pelo qual deve passar a obra literária antes que se cumpra sua natureza social, de criar um espaço de interação entre dois sujeitos: o autor e o leitor. Para o *finalmente* acima prometido ser completo, podemos chamar de *interação estética* este encontro leitor/autor. Desde, é claro, que não nos assustemos com a proparoxítona *es-té-ti-ca*!

Com efeito, leitor oxítono!

Saindo deste circuito, cujo reconhecimento é indispensável para a caracterização do sistema contemporâneo de produção literária, é preciso dizer que ele não dá todas as respostas e que há mais coisas, entre o autor e o leitor, do que o sistema capitalista de produção.

Para que um texto seja considerado literatura (e aqui aqueles rabugentos talvez gostassem de uma inicial maiúscula: Literatura...) é preciso algo mais do que interação entre seu autor e seus leitores. A literatura tem de ser *proclamada* e só os canais competentes podem proclamar um texto ou um livro como literatura.

Quem são estes canais?

Boa pergunta: quem são?

Canais competentes são as instâncias — instituições, eventos, publicações, titulações — às quais cumpre apontar e atestar a *literariedade* dos textos em circulação. Cabe aos canais competentes — espécie de cartório que reconhece e autentica as firmas — estabelecer e afiançar o valor ou a natureza artística e literária de uma obra.

Para que uma obra seja considerada parte integrante da tradição literária de uma dada comunidade ou tradição cultural, é necessário que ela tenha o endosso dos *canais competentes* aos quais compete a *literarização* de certos textos, isto é, a *proclamação* de um texto como *literatura* ou *não-literatura*.

E quem são estes setores especializados?

São poucos, ou muitos, mas sempre os mesmos que, como ensina a música de Caetano Veloso, *Narciso acha feio o que não é espelho.* Setores especializados responsáveis pela *literarização* maior ou menor de um ou de outro texto são os intelectuais, os professores, a crítica, o *merchandising* de editoras de prestígio, os cursos de letras, os júris de concursos literários, os organizadores de programas escolares e de leituras para vestibular, as listas de obras mais vendidas...

Algumas das vozes responsáveis pela literarização ou desliterarização de um livro ou de um texto são nitidamente institucionalizadas. A Academia Brasileira de Letras, por exemplo, além de sede tem uniforme, regimento, estatutos. Outras, não. Sem sede nem carteirinha, agem nas esferas do subentendido, do dito nas entrelinhas, do tacitamente consentido. A crítica, por exemplo, tem várias caras e inúmeras vozes: inclui tanto as opiniões pessoais de um desafeto ou de um amigo do autor, quanto o estudo minucioso de uma obra numa publicação especializada em literatura, como, por exemplo, uma revista universitária ou uma associação de professores. Também a nota breve com que a editora apresenta o livro na quarta capa, na orelha ou mesmo em *releases* para a imprensa faz parte do corpo de vozes que constroem, discutem e avaliam perfil e valor literários de um dado texto.

Entre as instâncias responsáveis pelo endosso do caráter literário de obras que aspiram ao *status* de literatura, a escola é fundamental. A escola é a instituição que há mais tempo e com maior eficiência vem cumprindo o papel de avalista e de fiadora *do que é literatura.* Ela é uma das maiores responsáveis pela sagração ou pela desqualificação de obras e de autores. Ela desfruta de grande poder de censura estética — exercida em nome do bom gosto — sobre a produção literária.

Pagando para ver, desconfiado leitor? Faz bem. Faz muito bem. A explicação pode ser encontrada na expressão *clássico* e seus derivados, de trânsito tão freqüente em livros e aulas de literatura.

Originalmente, *clássico* era um conceito que abrangia apenas obras latinas e gregas. Só posteriormente passou a incluir também obras escritas nas várias línguas européias ao longo dos séculos XIV, XV e XVI.

A esse significado cronológico — de indicar obras produzidas em determinadas épocas — acrescenta-se com o tempo um outro significado: *clássico* — suas flexões e seus derivados como a palavra "Classicismo" — passa a indicar também um *juízo de valor*: o que é clássico é sempre bom, quer se trate de uma partida de futebol, de livros, de pratos da culinária chinesa ou da moda!

Ou seja, um jogo Fla-Flu é tão clássico quanto o *Fausto* (1831) de Goethe (1749-1832), como frango xadrez com *shop suey* ou como o vestido pretinho que quebra todos os galhos. Tudo isso é clássico!

Com este significado de algo *excelente, de boa qualidade*, um autor ou texto não precisam ser contemporâneos nem da Grécia de Eurípides (485-406 a.C.), nem da França de Racine (1639-1699) para serem considerados *clássicos*. Basta que sejam reconhecidos como excelentes, acima de qualquer suspeita... é só nesse sentido que se pode dizer que Fernando Sabino é um clássico da crônica, Noel Rosa (1910-1937), um clássico da emepebê, e Ziraldo, um clássico do cartum.

E sabe por que a palavra *clássico* desenvolveu um significado segundo (de excelência) sobre um significado primeiro (de algo produzido em uma determinada época)? Saber isso é entender a importância da escola no estabelecimento *do que é* e *do que não é* literatura.

A palavra *clássico* é derivada de *classis,* palavra latina que significa *classe de escola.*

No tempo em que a escola só mandava seus alunos lerem autores latinos e gregos, esses autores começaram a ser chamados de *clássicos* por ser sua leitura recomendada às *classes*, isto é, por serem adotados nas escolas.

As marcas da escola como instituição avalista do que se pretende literatura persiste em outras expressões correntes nos estudos literários, onde se fala em *escola* romântica, ou *escola* realista. Esta *escolarização* da literatura, no entanto, às vezes fica tão monótona e torna a literatura tão sem graça que Mário de Andrade formula o que poderia ser o lema de nosso Clube dos Leitores Anônimos: em arte: escola = *imbecilidade de muitos para vaidade dum só*[2].

Mas para que tanto rodeio?, talvez se pergunte o leitor apurado...

O caso é que conhecer o lugar social de onde vêm as respostas mais correntes à pergunta *o que é literatura?*, apurada leitora, não diminui o prestígio social de que desfrutam tais respostas, nem é garantia de virar o jogo. Mas, sem dúvida, conhecer a estratégia do adversário e as regras do jogo aumenta nossas chances no campeonato! Ou seja: se saber como se formam os ciclones não nos dá poder sobre eles, saber identificá-los mais cedo, dá tempo de procurar abrigo mais seguro, o que não é pouco, leitor afoito!

Saber de onde vêm e como se formulam certas noções de literatura torna nossa opinião mais rigorosa e nossos argumentos mais fortes. Permite-nos discernir os recursos retóricos e ideológicos em que se fundam os conceitos *oficiais* de literatura e aumenta nossa garra para bater o pé quando nos dizem que tal ou qual conceito é uma verdade maior e absoluta.

Conosco, sócios do Clube dos Leitores Anônimos, verdades só menores e relativíssimas!

Certos grupos sociais vêm há séculos definindo e avaliando os textos considerados literatura, começando pela seleção, dentre o conjunto de objetos impressos, daqueles aos quais vão dedicar sua reflexão. Nesse esforço contínuo de definição retomam-se, rebatem-se e prolongam-se definições anteriores. Co-

---

2 Andrade, Mário de. "Prefácio interessantíssimo", Paulicéia desvairada, in *Poesias completas*. São Paulo, Martins, 1966, p. 32.

meçam com Aristóteles (344 a.C.-322 a.C.). Ou com Nicolas Boileau (1636-1711), na França. Ou com Alexander Pope (1688-1744), na Inglaterra. Ou com... com quem na tradição vernácula? Em Portugal com Luís Antônio Verney (1713-1792)? No Brasil com Januário da Cunha Barbosa (1780-1846) ou com Sílvio Romero (1851-1914)?

Não se assuste, solerte leitora, mas nessa trilha conceitual a discussão exige, de quem quer dela participar, familiaridade com a linguagem da filosofia, da história, da sociologia, da antropologia, e de muitas outras *logias*.

Para entrar nessa discussão, é preciso ter ingresso. Para dizer a verdade, é preciso *comprar* ingresso. E os ingressos — livros, cursos, escolas — nem estão sempre por aí, nem são oferta grátis. Além de dinheiro, custam também o que custa ter acesso — e de preferência, aderir — a formulações culturais das classes dominantes. Geralmente brancas, quase sempre originadas no primeiro mundo, muitas vezes com barba e bigode... não é à toa que estas vozes se chamam dominantes. Faz parte do cardápio de dominação que elas exercem o estabelecimento do que é literatura, a fixação dos padrões do "bom gosto", a caracterização da "sensibilidade estética" e alguns outros etcéteras.

Tempo houve em que a viagem pelos conceitos de literatura, de arte, de filosofia era da competência de apenas umas poucas cabeças. E sendo estas poucas cabeças as que mais discutiam conceitos, os estudos literários acabavam impondo tais conceitos e tais formulações. Era como se conceitos literários só pudessem ser expressos na língua dos que usavam óculos... um certo tipo de óculos. Hoje, entretanto, com o desenvolvimento de outros modelos de óculos, parece que os olhos e ouvidos ficaram mais agudos e começou-se a ouvir e ver que sempre houve gente discutindo *o que é literatura.*

Discutindo e definindo.

Hoje temos...

Definitivamente, intrépido leitor, quem escreve e quem lê um livro como este aqui, já está a meio caminho do oculista! As situações nas quais precisamos de uma resposta para a pergunta *o que é literatura?* são muito marcadas. Se não têm fardão e beca no horizonte, têm quase sempre lousas, exames e livros como cenário. Mas também podem e precisam ter uma função na vida de cada um. Pois, se o *script* é o que nos deram, há sempre jeito de desobedecer a ele, improvisar e provocar rupturas maiores ou menores.

Há, portanto, que escolher o tom de voz certo, o que não impede ninguém de mostrar a língua quando todos estão de costas. Ou, os mais afoitos, em pleno palco, e de frente para a platéia.

Que o mais é guardar-se pra quando o carnaval chegar!

Capítulo 4

(onde se devassam truques, máscaras e maquiagem dos bastidores do que se chama de literatura)

Um dia apareceremos leitor
nas estatísticas
catalogados em ocorrência policial.[1]

Com o bloco nas ruas, vamos estabelecer que *literatura* não tem *uma* definição. Ela não pode ser definida como podem ser definidos — com certa unanimidade — um composto químico, um acidente geográfico, um órgão do corpo humano.

Pode-se definir, sem muito sangue na arena, *água*, *cordilheira*, *aparelho respiratório*. Mas a poeira é muita quando se tenta definir literatura, liberdade... e não é só porque ambas começam pela letra L! Arte e cultura não têm a mesma inicial, começam por A e por C, respectivamente, e também é complicadíssimo defini-las!

Nesse campo, as perguntas são muitas e as respostas mais numerosas ainda. Há tanta gente pensando no assunto (aliás,

1 Paixão, Fernando. "Retrato", in *25 azulejos*. São Paulo, Iluminuras, 1999, p. 35.

sempre houve) e tantas e tão diferentes são as respostas sugeridas que não dá para eleger uma delas como verdadeira e jogar fora todas as outras. Aliás, até que dá, para os ingênuos e os simples, que lêem um livrinho ou outro e saem por aí achando que literatura é isso ou aquilo, que arte é aquilo ou isso.

Já *nosotros*, nem simples nem ingênuos, mas galhardos sócios do Clube dos Leitores Anônimos, achamos que literatura é isso, aquilo e mais aquiloutro, não é mesmo?

O que é literatura? é uma pergunta complicada justamente porque tem *várias* respostas. E não se trata de respostas que vão se aproximando cada vez mais de uma grande verdade, da verdade-verdadeira. Cada tempo e, dentro de cada tempo, cada grupo social tem sua resposta, sua definição. Respostas e definições — vê-se logo — para uso interno.

Ao longo dos dois mil e tantos anos que nos separam de — digamos — Platão, vários têm sido os critérios pelos quais se tenta identificar o que torna um texto *literário* ou *não-literário:* o tipo de linguagem empregada, as intenções do escritor, os temas e assuntos de que trata a obra, o efeito produzido pela sua leitura... tudo isso já esteve ou ainda está em pauta quando se quer definir literatura. Cada um desses critérios produziu definições consideradas corretas. Para uso interno daquele grupo ou daquele tempo, correspondendo as respostas ao que foi (ou é) possível pensar de literatura num determinado contexto.

Já observou a arguta leitora como as definições sempre funcionam para quem as produz? E por que não funcionariam? Afinal, pensadores, escritores, artistas e demais envolvidos em teorias e práticas de literatura discutem, escrevem, polemizam (antigamente às vezes até duelavam!) e modulam conceitos de literatura que correspondem ao contexto de produção de seu tempo, aos horizontes dos leitores, às práticas de leitura em vigor. Por isso parecem explicar de forma convincente *o que é literatura.*

Mas só temporariamente.

Quando surgem novos tipos de poemas, de romances e de contos e outras multidões de leitores entram em cena, aquela livralhada toda passa a ser lida de forma diferente. Os novos leitores piscam os olhos e limpam os óculos, engatam novas discussões, formulam novas teorias, propõem novos conceitos até que a poeira assenta para, de novo, levantar-se em nuvem tempos depois.

Ou seja, há relação profunda entre as obras escritas num período — e que, portanto, são a literatura desse período — e a resposta que esse período dá à questão *o que é literatura?*

Há uma espécie de solidariedade entre práticas e teorias da literatura. Em outras palavras, e com perdão da obviedade: os conceitos de literatura (isto é, *certos conceitos,* por exemplo, os de tradição filosófica) são inspirados pela leitura das obras literárias. Isto é, de *certas obras,* de livre trânsito em *certos meios...* Reciprocamente, as obras literárias de um certo tempo incorporam tais formulações, validando-as e validando-se como literatura aos olhos de seus formuladores.

Teorias e práticas literárias, então, parecem condenadas a se repetirem umas às outras. Se fossem mero eco recíproco, o texto literário e suas teorias chegariam ao impasse do silêncio. Mas não é o que ocorre.

Na criação, a ruptura é o momento da vanguarda e, no campo teórico, é o momento do novo paradigma. Vanguarda e novos paradigmas teóricos, assim, patrocinam a subversão do que se dizia e se fazia em nome da literatura.

Engendram-se aí novas respostas à velha indagação: *o que é literatura?*

E recomeça o diálogo, não só do texto literário com sua teoria, mas da produção literária de um dado período com o conjunto de obras que a precedeu. Para nomear esse ininterrupto diálogo de uma obra com as muitas outras que a precederam ou lhe são contemporâneas, os estudos literários cunharam a expressão *intertextualidade*. Que o leitor palavroso me permita este palavrão de oito sílabas, que vai retornar com força (e mais explicações) no final do livro, lá na página 117 e seguintes!

Também pela intertextualidade rompe-se o círculo de teorias e de práticas que constituem um espelho no qual mutuamente se contemplam ambas. Na releitura do passado, mantém-se a idéia de uma linhagem de autores e de textos que constituem a grande família da literatura, como num álbum. Mas as fotos no álbum mudam de posição, ganham novas legendas, algumas se perdem (como os oradores estudados em antigos cursos de literatura brasileira), outras se acrescentam (como foi o caso de Shakespeare, na Inglaterra).

É a vida que continua.

Com a imagem de um álbum de retratos fica a idéia de que as definições propostas para literatura importam menos do que o caminho percorrido para chegar a elas. Ou, dizendo com Fernando Pessoa, o que importa mesmo é esperar D. Sebastião, *quer venha ou não*.

Acompanhar, então, como a literatura foi concebida, praticada, interpretada e avaliada em diferentes momentos é um caminho sugestivo que pode multiplicar nossos *finalmentes* ou, pelo menos, fragilizar *finalmentes* alheios. No tempo devido lá iremos, e nessa vereda teremos multidões de companheiros e companheiras, que essa trilha é a mais batida dos estudos literários.

Mas, antes, em foco a íntima e delicada relação da literatura com a linguagem.

Capítulo 5

(onde se esclarece a antiga, sólida e suspeitíssima aliança entre quatro "eles": Lingua, Linguagens, Literaturas & Letras)

Foi de poesia
lição
primeira:

"a arara morreu
na
aroeira".[1]

O capítulo se abre pedindo socorro ao Dicionário do Aurélio que, no lugar competente, inventaria significados da palavra "literatura":

> LITERATURA. [DO LAT. LITTERATURA.] S.F. 1. ARTE DE COMPOR OU ESCREVER TRABALHOS ARTÍSTICOS EM PROSA OU VERSO. 2. O CONJUNTO DE TRABALHOS LITERÁRIOS DUM PAÍS OU

1 Fontela, Orides. *Teia.* São Paulo, Geração, 1996, p. 17.

> duma época. 3. Os homens de letras: A literatura brasileira fez-se representar no colóquio de Lisboa. 4. A vida literária. 5. A carreira das letras. 6. Conjunto de conhecimentos relativos às obras ou aos autores literários: estudante de literatura brasileira; manual de literatura portuguesa. 7. Qualquer dos usos estéticos da linguagem: literatura oral (q. v.). 8. Fam. Irrealidade, ficção: Sonhador, tudo quanto diz é literatura. 9. Bibliografia: Já é bem extensa a literatura da física nuclear. 10. Conjunto de escritos de propaganda de um produto industrial. (...)

São dez, como se vê, os significados recobertos pela palavra *literatura.*

Mas, antes que algum leitor emburrado me acuse de fugir da raia e passar a bola para o Aurélio em vez de modular com minha própria voz o que este livro promete discutir, explico o pedido de socorro: lá no verbete de Mestre Aurélio aprendemos várias coisas, entre as quais a origem da palavra "literatura", informação que vem entre colchetes, na abertura do verbete: [Do latim *litteratura*].

A forma latina *litteratura,* por sua vez, deriva-se de outra palavra igualmente latina: *littera,* que significa *letra,* isto é, sinal gráfico que representa, por escrito, um som da fala. O parentesco letra/literatura prossegue e se estreita em português em expressões como cursos de letras, academias de letras e belas-letras. Já se delineia aí uma relação estreita entre literatura e escrita.

Corra, cautelosa leitora! Corra e confira no verbete do Aurélio quantas vezes a noção de escrita está implícita ou explícita nos significados que ele atribui à palavra "literatura".

Melhor ainda: além do Aurélio, consulte os livros que você tem na estante, ou que encontra em qualquer biblioteca e cujo título pareça promissor... Ou pergunte à queima-roupa a professores e colegas!

Viu como eu tenho razão?! Literatura e escrita são velhas parceiras, num jogo em que a escrita vale muitos pontos. Saber ler e escrever, além de fundamental para o exercício de graus mais complexos de cidadania, constitui marca de distinção e de superioridade em nossa tradição cultural. Tanto para indivíduos quanto para coletividades. Povos sem escrita costumam ser considerados inferiores, sem história, bárbaros. Talvez por isso tenha tanto prestígio um conceito de literatura que a articula tão estreitamente a manifestações escritas.

Além disso, antigamente *literatura* significava domínio das línguas clássicas, erudição, conhecimentos gramaticais, significados que reforçam sua parceria com a escrita. Só a partir de meados do século XVIII a palavra *literatura* começa a ser empregada e entendida com significados próximos daqueles que hoje ela nos sugere.

Em algumas situações contemporâneas, noções e práticas de literatura se afastam da exigência de formas fixas, da manifestação de altos saberes, de linguagens, emoções e sentimentos elevados. Mas este rompimento não foi nem total nem definitivo. É lento, num vai-e-volta caprichoso. Não só tem muita gente que, apesar do modernismo e até do pós-modernismo, continua gostando de soneto (eu, por exemplo, adoro uma chave de ouro...), como gravita ainda em torno da noção de literatura um restinho da aura que sacramentava seus usos antigos.

As antigas manifestações poéticas do velho Portugal podem esclarecer alguns termos da parceria literatura & escrita. *Canções de amigo* e *canções de amor*, composições medievais portuguesas, eram textos cantados e dançados por coloridos jograis, trovadores e bailadeiras. Como sugere a palavra *canção,* poesia era, então, voz. Essa produção oral, no entanto, só se incorpora à literatura a partir do momento em que é recolhida e registrada em livros imensos, chamados *cancioneiros*. Não fosse o zelo de quem as transcreveu e preservou nos cancioneiros... quem saberia delas hoje? Nem eu nem você nem ninguém, o que seria uma pena!

Na passagem do oral ao escrito, no entanto, os textos deixam de ser música, dança e palavra falada e ganham a frialdade do traço sobre o papel, linhas secas fixadas para sempre numa forma imóvel, sem chance de incorporar reações da audiência, elementos da situação de apresentação.

Foi uma primeira queda-de-braço entre oralidade e escritura.

Mas quem disse que a tensão entre oral e escrito ficou lá no passado, leitor distraído? Não explode ainda hoje à nossa volta uma cultura riquíssima em sonoridades, tons e semitons e que nem sempre encontra espaço no domínio da literatura? O corpo não reivindica espaço e, reconquistado, explode em movimento, em dança, em sensações, em improvisos? Improvisos incompatíveis — ou compatíveis de forma apenas virtual — com o texto escrito. Movimento, visualidade, sonoridade, improviso irrompem na música popular, uma das manifestações mais fortes da cultura brasileira contemporânea e cuja inclusão no campo literário é, no entanto, bastante polêmica.

Muita gente — aqueles resmungões de sempre — torce o nariz, ao ouvir dizer que emepebê é poesia. Que torçam o nariz que é deles, e cada um faz o que quer com o próprio nariz... Também a telenovela, irmã caçula da radionovela, faz parte dos excluídos da literatura oficial, bem como a literatura infantil, a fotonovela, a história em quadrinhos... A literatura — aquela que os resmungões gostam de escrever com letra maiúscula — desconfia de tudo que não é escrito, ou de tudo que ao escrito acrescenta outros códigos. Fazer o quê? Ter paciência e perdoar, já que a má-vontade só marca a impotência e incapacidade dos que resmungam para lidar com o novo.

Nós, do Clube dos Leitores Anônimos, somos generosos...

Então, invadido pela música e em ritmo de emepebê, este capítulo pode — como ficou prometido — demorar-se um pouco em questões de linguagem. Respiração profunda, leitora deslumbrada e deslumbrante!

Quando o homem não era mais símio, mas não era ainda completamente humano, ele se maravilhou com a linguagem. Foi por meio dela, naquele tempo talvez limitada a ruídos ainda próximos do grito animal, que, como diz Camões, "suas coisas ausentes se fizeram tão presentes como se nunca passaram". O que era remoto e perigoso tornou-se familiar e amoldou-se à dimensão humana.

Bichos, plantas, rios e montanhas receberam nomes. Foram reproduzidos em desenhos, foram simbolizados por sons e por sinais gráficos. Impressa nos circuitos cerebrais daquele evoluído bípede implume, a capacidade de linguagem completou a transformação: o homem não era mais apenas um ser entre outros seres, mas o ser capaz de simbolizar os outros todos.

E, nessa faculdade de simbolização, estava latente a possibilidade de conhecimento e domínio.

Lendas e histórias que contam o poder mágico de certas palavras revivem o fascínio pela linguagem, a intuição do poder que ela nos confere. A história da caverna de Ali Babá que se abria por força mágica do comando *Abre-te Sésamo!* ilustra o fascínio, numa bela antecipação de sistemas eletrônicos operados por comando de voz. Também o Capitão Marvel, ao pronunciar *SHAZAM,* invoca as qualidades olímpicas e heróicas dos deuses e semideuses que lhe delegam superpoderes, superando, assim, pela fala, sua frágil condição humana. Outro indício do grande poder que se atribui à linguagem é o tabu que cerca a pronúncia de algumas palavras. Xingamentos e palavrões, embora sejam *só palavras* podem acabar em sopapos e pipocos. Palavras que nomeiam certas doenças — como câncer, aids e seus cognatos — evocam um eco tão terrível e profundo que foram substituídas por circunlóquios e expressões atenuantes, assim como "mal de Hansen" e "mal dos deuses" tomaram o lugar de *lepra* e de *epilepsia*. Elas ilustram, na discriminação que sofrem, a crença no poder da palavra.

Não poucas vezes, essa reverência quase supersticiosa relativa à linguagem transfere-se para a escrita. Na tradição judaica ortodoxa, a palavra *Deus* não pode ser escrita com todas as letras, em obediência ao preceito bíblico *não tomarás seu santo nome em vão*. No aportuguesamento do preceito escreve-se *D'us* e, na mutilação da integridade da palavra, reproduz-se a desigualdade da relação homem/deus na perspectiva judaica e judaico-cristã. Ou seja, transferem-se para o universo da escrita as marcas que assinalam a especificidade de um certo tipo de seres numa certa visão de mundo.

Casos e causos ilustram que o homem se comporta como se acreditasse que a pronúncia ou a escrita de certas palavras tivesse o poder de deflagrar a realidade da coisa nomeada. Ou seja, é como se a presença do nome fosse suficiente para carrear a presença do ser que ele nomeia. O que é positivo para o Capitão Marvel, é assustador para aidéticos e cancerosos.

Pesado, não é mesmo, leitor delicado?

Pesado também para os que acreditam piamente que as palavras são palavras e nada mais, quando é justamente o contrário! Há sempre um *a mais* em questões de linguagem.

E o que tem isso a ver com literatura, aguda leitora?

Tem a ver muito, sem esquecer a lição de prudência de Drummond de Andrade que, embora sabendo e advertindo que *lutar com palavras é a luta mais vã*, no verso seguinte preconiza muque e garra no trato com a linguagem: *no entanto luto mal rompe a manhã*.

Tem a ver, então, que talvez a literatura possa ser concebida como um dos resultados mais estimulantes dessa luta, um domínio muito competente das linguagens no registro dessas suspeitas de identidade entre nome e coisa. Temendo a violência do mundo dos seres, e ao mesmo tempo fascinado por ela, o homem vive e se move entre palavras, ora fortalecendo, ora atenuando o vínculo desses dois mundos: o *original* dos seres e o *simbólico* da linguagem.

O homem, assim, constantemente se faz recordar que os nomes *não são* as coisas. Mas, no mesmo movimento, percebe que as coisas só existem para ele, homem, quando incorporadas à sua linguagem. E é entre a momentânea certeza de que palavras e coisas constituem uma unidade e a igualmente momentânea angústia de que palavras e seres jamais se interpenetram, que se configura a linguagem.

E onde a literatura faz sua morada.

Missão cumprida, sábio leitor e sapientíssima leitora! E estamos prontos, pois, para os últimos ajustes finos antes do grande mergulho na história das práticas e das noções de literatura.

Capítulo 6

(onde se denuncia a promiscuidade das várias linguagens no interior do que se chama de literatura)

há quem faça obras

eu apenas

solto as minhas cobras[1]

Participando de uma das propriedades da linguagem — simbolizar e, simbolizando, afirmar e negar simultaneamente a distância entre o mundo dos símbolos e o dos seres simbolizados — a literatura pode ser entendida como uma situação especial de uso de linguagem que, por meio de diferentes recursos, sugere o arbitrário da significação, a fragilidade da aliança entre o ser e o nome e, no limite, a irredutibilidade e a permeabilidade de cada ser.

Linguagem entre linguagens e código entre códigos, o que se chama de literatura leva ao extremo a ambigüidade da linguagem: ao mesmo tempo que cola o homem às coisas,

1 Leite, Sebastião Uchoa. *Obra em dobras*. São Paulo, Duas Cidades, 1988, p. 129.

diminuindo o espaço entre o nome e o objeto nomeado, também exprime a artificialidade e a instabilidade dessa relação. O que ocorre diferentemente em diferentes momentos, com diferentes tipos de textos e para diferentes tipos de pessoas.

Sem chance, portanto, de receitas literárias, leitor metódico! Nem prescrições, nem proscrições. Toda e qualquer palavra, toda e qualquer construção lingüística pode figurar no texto e literalizá-lo. Ou, ao contrário, não literalizá-lo coisa nenhuma, apesar de todo o *pedigree* literário que certas palavras e construções parecem arrastar atrás de si.

Veja que uso criativo de versos, rimas e ritmo fez um jovem chamado Carlos Marighella, aluno de uma escola baiana. Leia, divirta-se e reflita: esses versos sobre Ótica, produzidos como resposta de uma prova de física, são literatura?

Ginásio da Bahia aos 23
De 29 deste oitavo mês

....

Doutor, a sério falo, me permita,
Em versos rabiscar a prova escrita.
Espelho é a superfície que produz,
Quando polida, a reflexão da luz.
Há nos espelhos a considerar
Dois casos, quando a imagem se formar.
Caso primeiro: um ponto é que se tem;
Ao segundo um objeto é que convém.
Seja a figura abaixo que se vê,
O espelho seja a linha beta ce.
O ponto P um ponto dado seja,

Como raio incidente R se veja.
O raio refletido vem depois
E o raio luminoso ao ponto 2.
Foi traçada em seguida uma normal,
O ângulo I de incidência a R igual.
Olhando em direção de R segundo,
A imagem vê-se nítida ao fundo,
No prolongado, luminoso raio,
Que o refletido encontra de soslaio.
Dois triângulos então o espelho faz,
Retângulos os dois, ambos iguais.
Iguais porque um cateto têm comum,
Dois ângulos iguais formando um.
Iguais também, porque seus complementos
Iguais serão, conforme uns argumentos.
Quanto a graus, A mais I possui noventa,
B mais J outros tantos apresenta.
Por vértices opostos R e J
São iguais assim como R e I.
Mostrado e demonstrado o que é mister,
I é igual a J como se quer.
Os triângulos iguais viram-se acima,
L2, P2, iguais, isto se exprima.
Imagem de um ponto
Atrás do espelho plano então se forma
A imagem, que é simétrica por norma.
Imagem de um objeto
Simétrica, direita e virtual,

E da mesma grandeza por final
Melhor explicação ou mais segura
Encontra-se debaixo na figura.[2]

Sensacional, não é?

Portanto, não é o uso de um ou de outro tipo de linguagem que vai configurar a literatura. O registro coloquial, as palavras difíceis que pedem dicionário, o parnasianês nativo da sonetolândia, os clichês gastos, re-gastos e depois re-valorizados... qualquer tipo de linguagem nem anula o literário nem necessariamente o provoca. A relação que as palavras estabelecem com o contexto, com a situação de leitura é que caracteriza, em cada situação, um texto como *literário* ou *não-literário*. (Ei, leitora hesitante: você já chegou a alguma conclusão sobre o texto de Carlos Marighella? É ou não é literatura?)

Assim, não se pode falar em distinções rígidas e pré-estabelecidas entre linguagem literária e, por exemplo, linguagem coloquial. O que torna qualquer linguagem uma coisa ou outra, literatura ou não-literatura, é a situação de uso.

Parece que a literatura acontece quando, como dizem os matemáticos — *quando e apenas quando* —, através de um texto, autor e leitor (de preferência ambos) suspendem a convenção corrente. Assumindo ou recusando o câmbio oficial da linguagem de seu tempo, mas de qualquer forma fecundando-o, leitor e autor têm, no texto, um momento de verdade que, com licença do poeta Vinicius de Moraes, *não seja imortal posto que é chama, /mas que seja infinito enquanto dure.*

Ao mesmo tempo que significa, o texto literário como que sugere os limites da significação. Dribla o leitor, sugerindo-lhe que o que diz *é* e *não é*, porque a literatura tira sua força, paradoxalmente, do relativo e do provisório.

2 José Emiliano, Carlos Marighella. São Paulo, Sol e Chuva, 1997, p. 128-9.

Cansado de blablablá, fatigado leitor?

Tem razão. Nem eu mesma agüento mais tanta falação. Casso minha palavra até o final do capítulo e, no silêncio que se instaura, todos ganhamos um prêmio: vamos navegar por alguns poemas. Neles, formas de dizer e de escrever que surpreendem e renovam o leitor, isto é, que deixam o leitor de olho espetado no horizonte, comentando com seus botões que é mesmo um barato e uma beleza!

Beleza e barato no uso da linguagem da Ótica que faz Marighella, ou da linguagem da Física e da Química de Antonio Gedeão, ou da linguagem da História e da Geografia de Oliveira Silveira, ou da linguagem da Informática de Victor Giudice, ou o inglês de Zeca Baleiro!

E não ouse discordar, leitora divergente!

LIÇÃO SOBRE A ÁGUA

Este líqüido é água:
quando puro, é inodoro, insípido, incolor;
reduzido a vapor
sob pressão e a alta temperatura
move os êmbolos das máquinas
que por isso se denominam
máquinas de vapor

É um bom dissolvente, embora com exceções:
mas de um modo geral
dissolve tudo bem
ácidos, bases e sais
Congela a zero graus centesimais
Ou ferve a cem
Quando à pressão normal

Foi nesse líqüido
que numa noite cálida de verão,
sob luar gomoso e branco de camélia
apareceu a boiar o cadáver de Ofélia
com um Menúfar na mão.[3]

CHARQUEADA GRANDE

Um talho fundo na carne do mapa:
Américas e África margeiam.
Um navio negreiro como faca:
mar de sal, sangue e lágrimas no meio.

Um sol bem tropical ardendo forte,
ventos alíseos no varal dos juncos
e sal e sol e vento sul no corte
de uma ferida que não seca nunca.[4]

A VOLTA DE EUDORA LIGHT

(MINICONTO SUJEITO À INTERNET COM PERSONAGENS SOFT)

Eudora Light não se sentia feliz casada com Word Seis porque o considerava um Ponto Zero. Um dia, viu uma Photo Deluxe de Aldus Pagemaker e ficou apaixonada. Saiu pela primeira Windows que encontrou aberta e

3 Gedeão, Antonio. *Poesias completas (1956-1957)*. Lisboa: Portugalia, 1971, p. 244-245.
4 Silveira, Oliveira. Camargo, Oswaldo (org.). *A razão da chama: antologia de poetas negros brasileiros*. São Paulo, GDR, 1986, p. 65.

Netscaped com ele. Acontece que o Trumpet Winsock de Page não tocava. Decepcionada, Eudora aceitou uma proposta de Microsoft e foram morar em Control Panel. Lá, abriram uma Photoshop para ganhar a vida. Porém, com o nascimento de Corel Draw, esvaziaram o File Manager.

Quando a notícia foi publicada no Printer Setup, Aldus pegou um Navigator e, em três segundos, desembarcou em Control Panel, matou os traidores e despachou os corpos em dois e-mails: um para Flori e outro para Márcia. Em seguida, Aldus escondeu-se em Lotus até embarcar clandestinamente num Config Sys. Aterrissou em Clipboard e passou algum tempo vendendo Netdials na porta de uma Paintshop. Um dia, foi devidamente Scanneado e levado para um Template, onde Organized uma seita secreta dedicada a promover Print Previews.

Um domingo, resolveu abrir o Template para uma reunião extra. Um provedor ficou revoltado e gritou: Close! Pagemaker respondeu: Open! Desesperado, o provedor ordenou: Exit! Mas Aldus sacou uma Pkunzip e decretou: Error, time out. Apavorado, o provedor trepou numa X-Tree Gold e ficou soltando Power tracks. Vitorioso, Aldus anotou tudo num Notebook e enviou um Winfax para Macintosh.

Quando Macintosh ia Select All para contar a novidade, um poderoso Intercom disfarçado em Zoom abriu um Drop Cap e replaced Eudora Light e Microsoft em pessoa. Mal se configuraram, Micro apontou um IBM com 64 megas de RAM e deletou Macintosh. Nunca se soube a verdade sobre o saved as DOS amantes.

Hoje, Eudora e Micro vivem felizes em Multimedia, ao lado do pequeno Corel Draw e ao Sound Blaster de Cake Walk, à custa do Thesauros acumulado nos anos de

92, 93, 94 e Windows 95. Finalmente, Aldus Pagemaker encontrou a paz conjugal ao lado de Delrina, que convenceu-o a morar num Modem recém-instalado.[5]

SAMBA DO APPROACH

Venha provar meu brunch
saiba que eu tenho approach
na hora do lunch
eu ando de ferryboat
eu tenho savoir-faire
meu temperamento é light
minha casa é hi-tech
toda hora rola um insight

já fui fã do jethro tull
hoje me amarro no slash
minha vida agora é cool
meu passado é que foi trash

fica ligada no link
que eu vou confessar my love
depois do décimo drink
só um bom e velho Engov

eu tirei o meu green card
e fui pra Miami Beach
posso não ser pop star
mas já sou um nouveau riche

5 Giudice, Victor (conto inédito, 1996). Encontrado pelo jornalista Carlos Alberto de Mattos, extraído do *Jornal do Brasil*, Segundo Caderno, 1998.

eu tenho sex-appeal
saca só meu background
veloz como damon hill
tenaz como Fittipaldi

não dispenso um happy end
quero jogar no dream team
de dia um macho man
e de noite drag queen[6]

---

6 Zeca Baleiro. *Vô imbolá*. Polygram, 01197 2.

Capítulo 7

(onde se flagra constante, intencional e danosa indecisão do que se chama de literatura entre o verdadeiro, o verossímil e o fantasioso)

Leve é o poema.
A vida não pesa
(impressa).

Leve o poema.[1]

Terminado o capítulo anterior, recupero a palavra. Já não calo mais a boca, leitor tagarela! Recolha do horizonte seu olhar estético e, como diziam os antigos, em segunda pessoa do plural, *emprestai-me vossos ouvidos!*

A literatura é porta para variados mundos que nascem das várias leituras que dela se fazem. Os mundos que ela cria não se desfazem na última página do livro, na última frase da canção, na última fala da representação nem na última tela do hipertex-

1 Laurito, Ilka Brunhilde. "Saldo", in *Saldo lírico*. São Paulo, Quirón, 1978, s/p.

to. Permanecem no leitor, incorporados como vivência, marcos da história de leitura de cada um.

Tudo o que lemos nos marca.

Como outros atos de linguagem, a literatura dá existência ao que, sem ela, ficaria no caos do inomeado e, conseqüentemente, do não-existente para cada um. Mas — e isso é fundamental — ao mesmo tempo que a literatura cria, ela também aponta para o provisório da criação.

Melhor trocar em miúdos? Peço socorro a Gonçalves Dias (1823-1864) e a Manuel Bandeira (1886-1968), com seus exércitos de palmeiras, sabiás, reis e rainhas de Pasárgadas!

Quando leio os versos de Gonçalves Dias que dizem que sua *terra tem palmeiras onde canta o sabiá*, e que *as aves que aqui gorjeiam não gorjeiam como lá*, "palmeiras" e "sabiá" são traços que para boa parte dos leitores e ouvintes do poema fazem sentido evocando sensações de ausência e de saudade, a partir da familiaridade maior de cada um com certas paisagens e resistência a outras. Parêntesis: não me venha dizer que não conhece a *Canção do exílio* de Gonçalves Dias, leitora-em-branco! Corra a uma biblioteca ou à internet e remedeie imediatamente esta grave falha em seu perfil de leitor. Fim de parêntesis.

Com isso, no poema de Gonçalves Dias, "palmeiras" e "sabiás" significam muito mais do que os meros elementos da flora e da fauna brasileiras que as mesmas palavras significam num texto como o abaixo:

> *[...] em suas terras ao sul do Equador, o Novo Mundo apresenta flora e fauna bastante distintas de flora e fauna que nos habituamos a ver no Velho Mundo. Entre as plantas, destacam-se palmeiras, coqueiros e arbustos onde nasce o abacaxi; entre os animais de pêlo, a capivara e a anta, entre os animais de pena, sabiás, tuiuiús, araras e papagaios.*

Na *Canção do exílio,* "palmeiras" e "sabiás" evocam ou constroem, para cada leitor, *sua* palmeira e *seu* sabiá, que podem não ter existido, e cuja existência se deve exclusivamente à escrita e à leitura do poema.

O mesmo sucede com tudo o que se lê na expectativa de que o que se lê seja literatura.

Ocorre, por exemplo, com os versos em que Manuel Bandeira cria e celebra a utopia de sua Pasárgada. Diz o poeta:

Vou-me embora pra Pasárgada
Lá sou amigo do rei
Lá tenho a mulher que eu quero
Na cama que escolherei
Vou-me embora pra Pasárgada[2]

A precisão geográfica e histórica de Pasárgada não importa, como também não importa se Pasárgada tem rei ou vive em regime republicano. É sempre equivocado pedir à literatura recibo do que ela afirma. Tanto Pasárgada — que não se sabe onde é — quanto a terra de onde Gonçalves Dias sente saudades — da qual conhecemos palmeiras e sabiás — têm identidade apenas literária, ou seja, existem apenas na fugaz interação entre a escrita dos poetas e a leitura de seus leitores.

Tudo isso, imprevisível leitora, para dizer que não precisam ser verdadeiras as histórias que a literatura conta. Mas que também não precisam ser inverídicas. Tanto faz. Importa bem pouco saber se Iracema, a *virgem dos lábios de mel* de quem José de

2 Bandeira, Manuel. "Vou-me embora pra Pasárgada", Carnaval, in *Estrela da vida inteira.* Rio de Janeiro, José Olympio, 1966, p. 127.

Alencar conta a história, vagava, mesmo, enamorada e moribunda nas alvas praias dos *verdes mares bravios* de nossa terra natal. É irrelevante também pedir certidão de casamento ao machadiano casal Capitu e Bentinho, que viveu as dúvidas do ciúme ao tempo do Segundo Império brasileiro. Tia Nastácia, tendo ou não sido a babá de um dos filhos de Monteiro Lobato (1882-1948), com seus bolinhos e pipocas ganhou o amor de todos os leitores das histórias do Sítio do Picapau Amarelo.

Mas também os mundos fantásticos criados pelo texto não caem do céu, nem são inspirados por anjos nem por musas! O mundo representado na literatura — por mais simbólico que seja — nasce da experiência que o escritor tem de sua realidade histórica e social. O universo que autor e leitor compartilham, a partir da criação do primeiro e da recriação do segundo, é um universo que corresponde a uma síntese — intuitiva ou racional, simbólica ou realista — do *aqui* e *agora* da leitura, ainda que o *aqui e agora* do leitor não coincidam com o *aqui e agora* do escritor.

Ou seja, aquilo de que a literatura fala encarna *o que poderia ter sido*, o que anda na cabeça e anda nas bocas, ou andava, no tempo de cada um. Se você permite que este parágrafo recorra a um cinco-estrelas dos estudos literários, leitor permissivo, vamos ler em Aristóteles que o mundo da literatura é o mundo do possível: enquanto para o grego a história narrava o que *realmente tinha acontecido*, ficava por conta da literatura *o que podia acontecer*.

Mas não nos iludamos com o charme do velho filósofo de camisolão de pregas: embora comprometida com o mundo do possível e não com o mundo do real, a criação literária nasce de uma imaginação ancorada na realidade. Assim, até mesmo os mundos fictícios como a Pasárgada de Manuel Bandeira, os olhos oblíquos e dissimulados de Capitu, os labirintos degradantes e assustadores de *Zero* de Inácio de Loyola Brandão, a Terra do

Nunca de Peter Pan ou a pré-história da família de Hagar, tudo — como ensina o samba — tem um fundo de verdade.

Ou seja, o compromisso da literatura com um *mundo possível* não abandona o projeto de fazer do presente seu ponto de partida ou de chegada. *Não serei o poeta de um mundo caduco/ Também não cantarei o mundo futuro./ Estou preso à vida e olho meus companheiros*, já advertia Drummond, freguês assíduo destas maltraçadas porque tem sempre razão.

Os mitos e espaços poéticos nascem não só da realidade circundante, compartilhada por autor e leitores, mas também do diálogo com tudo o que, vindo de tempos anteriores, constitui a chamada *tradição literária*. É como se a literatura fosse um constante passar a limpo de textos anteriores, constituindo o conjunto de tudo — passado e presente — um grande e único texto de literatura, agora sim, leitor, com ele maiúsculo: Literatura!

A história vivida pela multidão de leitores está sempre presente, no direito ou no avesso do texto. Porque é cada um, no silêncio ou na algazarra de suas leituras, que torna literários alguns dos textos com que se encontra na vida. Às vezes o gesto individual coincide com o gesto oficial de literarizar um texto. Outras vezes não coincide. E cada um que decida a qual gesto — se o próprio, se o alheio — vai ser fiel e solidário!

Veja agora, leitor inconsútil, com que destreza, com que arte fiz eu a última transição deste livro. A recuperação do passado no presente, a opinião individual e a oficial do que é ou deixa de ser literatura... Viu que destreza, destríssima leitora? E porque estamos destros, estamos aptos para conhecer e discutir, a partir de agora, algumas concepções de literatura até hoje respeitáveis. Mas, cuidado: eu disse *algumas*! Elas foram escolhidas a partir do cardápio que se quer oficial... Portanto, encosto das poltronas na posição vertical, cintos apertados.

Vamos aos gregos!

Capítulo 8

(onde se treina o ouvido para reconhecer e proclamar sotaques gregos e latinos — autênticos, falsos e autenticados — no que se chama de literatura)

Mirem-se no exemplo
daquelas mulheres
de Atenas[1]

Textos que discutem como foi praticada e concebida a literatura em uma ou em outra época, geralmente só registram como a praticavam e a concebiam os que tinham e têm acesso a voz. Desde os gregos criou-se uma linhagem de definições que, embora muitas vezes conflitantes, têm em comum o *pedigree* de sua origem. Família aristocrática de conceitos, seus porta-vozes hoje são aqueles nossos resmunguentos companheiros de viagem.

Muitos e muitos documentos registram, por exemplo, o que o poeta latino Horácio (65 a.C.-8 a.C.) pensava da poesia. Mas, onde estão os registros do que pensavam dela a mulher e os escravos do poeta? E será que Horácio nunca foi menino? E quan-

1 Buarque, Chico & Boal, Augusto. "Mulheres de Atenas", LP *Meus caros amigos*, Philips, 1976.

do era menino e ouvia histórias de sua ama, o que será que ele pensava das histórias que ouvia? É que talvez se pensasse que mulheres, escravos e crianças não pensavam, ou não pensavam em poesia, ou que não valia a pena pensar no que eles pensavam.

Reconhecer, no entanto, os filtros ideológicos da história das teorias da literatura não dispensa ninguém de conhecê-las, leitor preguiçoso e leitora patusca! Voltem, portanto, à leitura, que seu Miguel, o caça-gazeteiros da escola da Luluzinha, está ali atrás do parágrafo, pronto para pegar leitores fujões!

Todos os conceitos e práticas de literatura são, a seu tempo e para quem os formula e cultiva, tão bons ou tão ruins quanto quaisquer outros. E se, quando os analisamos, podem pôr a nu a fragilidade do edifício, também permitem o ingresso nele, que é de onde melhor pode o edifício ser observado. Ou implodido, se for o caso...

Por isso, a excursão que está começando não vai ser muito longa. Sem dúvida, alguns leitores turistas vão reclamar do itinerário, que outro seria o de sua preferência. Paciência! As passagens estão compradas e a companhia, embora aceite reclamações, não devolve o dinheiro. Qualquer seleção é sempre arbitrária e pessoal, e o máximo de liberdade é o direito de andar sozinho. Para os insatisfeitos, o percurso admite — como qualquer texto escrito — o abandono no meio do caminho. Ah, esse supremo poder do leitor sobre o escritor... mas cuidado, leitor fujão, que *no meio do caminho tem uma pedra*!

A primeira parada da viagem tem no horizonte o perfil da acrópole grega. Começamos por lá, onde se pensa ter sido o nosso começo, antes de Cristo. Aparentemente desaparecidos, esses gregos clássicos deixaram muitos herdeiros, muitos rastros e, quando menos se espera, ressuscitam.

Essa ressurreição é uma forma de permanência.

A cultura grega sobrevive, e não só nos objetos e textos que nos legou. Sobrevive também na herança cultural que permeia nosso hoje e, de forma talvez mais viva, nas sucessivas reinterpretações que seu modo de vida inspirou, e parece continuar inspirando.

Um dos momentos fortes de ressurreição é o que se contempla em alguns poemas do poeta português Fernando Pessoa (1888-1935), na linguagem de seu heterônimo Ricardo Reis. O que é que estão reclamando os turistas sentados ali atrás? Que querem um grego autêntico, fotografia de verdade para mostrar em casa...?Vamos lá, então! Mas gregos em grego são grego, não é mesmo, leitora monoglota? Meu computador também é analfabeto naquelas simpáticas letras que ficam tão bem nos livros de física e de matemática! Gregos traduzidos, pois! Aliás, uma grega: a poetisa Safo (séc.VII ou VI a.C.) de Lesbos, numa bela tradução de Joaquim Brasil.

[Eros]
doceamargo

[Eros]
o que nos dá sofrimentos

[Eros]
tecelão de mitos

[Eros]
o deus da astúcia
que tece a palavra[2]

Gostou, não é? Aplacada, então, a sede de originalidade, luz verde para duas composições de Fernando Pessoa:

2 Brasil, Joaquim. *Eros, tecelão de mitos: a poesia de Safo de Lesbos*. São Paulo, Estação Liberdade, 1991, p. 331.

As rosas amo do jardim de Adônis,
Essas volucres amo, Lídia, rosas,
Que em o dia em que nascem,
Em esse dia morrem.
A luz para elas é eterna, porque
Nascem nascido já o sol, e acabam
Antes que Apolo deixe
O seu curso visível.
Assim façamos nossa vida um dia
Inscientes, Lídia, voluntariamente
Que há noite antes e após
O pouco que duramos.[3]

Para ser grande, sê inteiro: nada
Teu exagera ou exclui.
Sê todo em cada coisa. Põe quanto és
No mínimo que fazes.
Assim em cada lago a lua toda
Brilha, porque alta vive.[4]

Nos poemas transcritos (e em quase todos os atribuídos a Ricardo Reis), Fernando Pessoa repõe em circulação vários traços que aprendemos a considerar como helenizantes. Nada a ver com tua loira prima Helena, leitor simplório! *Helenizantes* quer

3 Pessoa, Fernando. Odes de Ricardo Reis, in *Obra poética*. Rio de Janeiro, José Aguilar, 1969, p. 259.
4 Ibidem, p. 289.

dizer relativos aos gregos, à Grécia! Não se trata de poesia grega. Entre, por exemplo, Safo e Fernando Pessoa transcorreram muitos e muitos séculos.

Lidos os poemas, a palavra volta à guia da excursão que, como todo guia, recita informações; os mais sensíveis à beleza esqueçam o guia e contemplem o mundo: no caso, os textos de Homero, Safo, Píndaro (518-438 a.C.), Plauto (254-184 a.C.) ou Ovídio (43 a.C.-17/18 d.C.). Ou, em último caso, os de Fernando Pessoa, sempre melhores do que a cantilena do cicerone.

Nesses versos de Pessoa, passaporte e *souvenir* da breve excursão por terras gregas e latinas, os ecos gregos se multiplicam: o comedimento do tom, a sobriedade da dor e da alegria, a certeza da simultânea insignificância e grandeza do homem repontam insistentemente.

Começando bem antes de Cristo, e para efeitos culturais confundindo-se com a origem de tudo, é na Grécia Antiga que se costumam localizar as primeiras reflexões mais sistemáticas sobre aquilo que ainda hoje — talvez por inércia, talvez por conveniência ou por comodidade — continuamos a chamar de literatura.

O nome de Homero, por exemplo, é bastante conhecido. Quem é que não sabe que ele celebrou, nos versos da *Odisséia,* as aventuras de Ulisses, guerreiro grego que regressou ao lar e aos braços de Penélope depois de vários e conhecidos episódios heróicos e sentimentais? Quem não sabia fique sabendo e se quiser saber mais... a biblioteca fica logo ali e a internet está na ponta do dedo!

Mas os gregos não faziam apenas poesia. Também o teatro parece ter nascido dos textos dos gregos Ésquilo (525-456 a.C.), Sófocles (496-406 a.C.) e Eurípides (485-406 a.C.). Na interpretação de quase todos os que estudam a tragédia grega, nela representam-se problemas humanos, os chamados "conflitos existenciais". E na comédia... bem pouco se cuidou da comédia, considerada por bom tempo gênero menor porque mais popular. Foi isso que deu a Umberto Eco a brilhante idéia que ele desenvolveu no sensacional livro *O nome da Rosa* (1980). Não leu, leitora-de poucas-letras? Ainda dá tempo...

Aos olhos de hoje, a literatura deles (gregos) parece harmoniosamente integrada à vida grega. Forma de exprimir sentimentos coletivos, forma de comunicação com os deuses, forma de purificação (pela expressão) das grandes emoções, a literatura grega parece ter sido intensamente entrelaçada à vida pública da Grécia.

Nos teatros, nas praças e nos templos da Grécia, a literatura (a arte em geral) parece não ter sido um privilégio dos que liam, dos que gostavam de literatura: era uma espécie de celebração. E como celebração coletiva, além de cumprir papel social, também repercutia profundamente na vida de cada um, como a literatura repercute ainda hoje (mas de forma diferente) na vida de quem a lê.

Foi, aliás, no mundo clássico dos gregos que começaram as primeiras divergências sérias entre os que discutiam *o que era* e *para que servia* a literatura. Platão (428/7-347 a.C.), pensador rigoroso anterior a Aristóteles, e às vezes mal-humorado, foi implacável com a poesia (cf. *A república*). Queria expulsá-la do convívio humano, porque — dizia ele — a poesia era mentirosa: era a imitação da imitação da imitação... e o filósofo, vê-se logo, não acreditava que as coisas podiam também ser (como diz Caetano Veloso) "o avesso do avesso do avesso".

A idéia de catarse — purificação das emoções por sua ampliação máxima — veio com Aristóteles, que saiu a campo em defesa da dama-poesia exilada por Platão (cf. *Poética*). E entre um e outro e depois dos dois, o debate continua até hoje.

O que você acha? Ah, você não acha nada, leitor relutante?

Não pode não achar.

Ache!

Não foi monopólio da Grécia, de onde, aliás, já estamos saindo, dar sentido à vida através de diferentes linguagens, uma das quais ficou conhecida como "literatura". Muitos outros povos — a dizer a verdade *todos* os povos — entrelaçaram suas vidas e seus afazeres à música, à dança, à poesia. Inclusive os povos indígenas brasileiros, como euforicamente registra, em 1844, um de nossos primeiros historiadores:

> *[...] esses tupinambás valentes e esforçados, esses tamoios fortes e robustos, esses caetés indomados e valerosos, esses tupiniquins pacíficos e hospitaleiros que habitavam o Brasil, cujo Deus era Tupã, essa excelência, essa potência espantosa, que lhes falava pelo tupaçununga, que era o trovão; que se lhes revelava pelo tupaberaba, que era o relâmpago; cujo templo eram as majestosas florestas, e que pareciam descender de uma só nação, como parece indicar a língua túpica dispersa em seus vários dialetos, elevavam-se acima dos povos americanos pela sua imaginação ardente e poética: as encantadoras cenas, que em quadros portentosos oferece a natureza em todos os sítios, os inspirava, e de povos rudes e bárbaros faziam-nos povos poetas.*[5]

Mas, como outros povos que não eram umbigo do mundo, os tupinambás ficam confinados a esse parágrafo curtinho. É o preço de, ao contrário de terem conquistado o mundo, terem sido conquistados!

Quem sabe o requintado leitor já se cansou dos gregos, principalmente de gregos requentados, tratados com tão pouco respeito... E os prometidos latinos, reduzidos a umas poucas menções! A quem quer seriedade e sisudez pago com um piparote, e envio com um selo na testa na máquina do tempo, diretamente a Platão, Aristóteles, Píndaro, Virgílio e Ovídio nos respectivos endereços e sem intermediários.

E, sem mais delongas, vamos à Idade Média!

---

5 Emílio Adet & Joaquim Norberto de Souza e Silva. Introdução sobre a literatura nacional (1844, *Mosaico poético*). Apud Zilberman, R. & Moreira, Maria Eunice. *O berço do cânone*. Porto Alegre, Mercado Aberto, 1998, p. 197.

Capítulo 9

(onde se apura a escuta para identificar e anunciar tons medievais — verdadeiros, postiços e falsificados — no que se chama de literatura)

E Dom Bermudo, apanhando o trovador pirata,
o objurgava em estilo de catedral com a
toledana erguida sobre sua cabeça:
—"Mentes pela gorja, perro infame!"[1]

Com a expansão do mundo grego, que conquistou colônias e submeteu vários povos em todo o mundo então conhecido, a tradição cultural grega espalhou-se e deitou raízes em muitas outras plagas, entre estas na Península Ibérica.

De lá, em caravanas de negociantes e em caravelas de navegantes viajou mais ainda, atingindo inclusive a América Latina e o Brasil. Mas, por enquanto, ficamos na Europa, onde o mundo cristão da Idade Média opôs-se às tradições culturais do mundo grego de um lado mas de outro também aderiu a elas, medievali-

1 Monteiro Lobato. "Marabá". Apud Lajolo, Marisa. *Contos escolhidos*. 3. ed. São Paulo, Brasiliense, 1993, p. 130.

zou-as e incorporou-as. Poupe-me, leitor perplexo, de suas perplexidades, de seus *como?*, de seus *por quê?*... Seja compreensivo e dialético, aprenda que as coisas são e não são, e vá em frente!

Antes dos cristãos, já os romanos (e com eles também todas as suas colônias espalhadas pelo mundo) haviam adotado a tradição grega, adaptando-a à sua identidade. Guarde a palavra-chave, leitora aplicada: *adaptação*. A identidade de qualquer povo é tão específica e tão dele que a tentativa de todos os colonizadores de imporem — com a dominação militar, econômica e política — a cultural (como forma de legitimação das anteriores) nunca dá inteiramente certo. Dá certo só um pouco.

Depois da cristianização — quando templos gregos e romanos foram sendo substituídos na linha do horizonte por catedrais de torres pontiagudas e vitrais coloridos — a literatura começou a cumprir novos papéis na vida das sociedades, passando a recobrir diferentes formas de expressão. Em todas as formas de expressão, no entanto, mantinha-se a força da palavra como forma de simbolizar — e, simbolizando, gerenciar — o mundo e o lugar das pessoas no mundo.

A civilização medieval foi um período em que a sociedade organizou-se segundo padrões muito rígidos: nobres de um lado, plebeus de outro; senhores de terra de um lado (do mesmo que os nobres), servos de gleba de outro; diferenças sociais rígidas, gente separada de gente, homens com poder de vida e de morte sobre outros homens e mulheres.

Como ficamos sabendo de tudo isso? Pelos livros, inclusive os de literatura! A literatura registra de forma sutilíssima o que anda nas cabeças e anda nas bocas, acima e abaixo do nível do mar, norte, sul, leste, oeste, ainda que às vezes numa linguagem cifrada, difícil para quem não tem passaporte de certo tipo.

Parece que já naqueles tempos remotos os textos literários eram produzidos e consumidos por poucos. Os poucos que tinham acesso à palavra... Ôôôôps! perdão, leitoras e leitores! como é que fui escrever que *os textos literários eram produzidos e consumidos por poucos*? Professores e guias turísticos são, mesmo, incorrigíveis! Onde é que se viu reservar a denominação literatura apenas para a produção verbal que circula e é aplaudida por uns poucos e eruditíssimos eleitos? Pois é claro que, se havia uma literatura que só circulava entre estes *happy few*, havia também a literatura que fazia as delícias da galera... Elementar, minha cara leitora-watson!

Reformulo, então.

Na Idade Média, gêneros considerados nobres pelo seu parentesco com o classicismo começaram a ter menor circulação. Sendo pagãos, poderiam pôr minhocas nas cabeças que a Igreja se esforçava por cristianizar e manter cristianizadas e, assim, era melhor proibi-los. Além disso, pouca gente sabia ler e livros eram caríssimos.

Deixando de lado essa tradição clássica, o que se chama produção literária medieval não inclui, ou inclui pouco e em posição secundária, a tradição oral, os cantos de trabalho, as narrativas populares... Mas novelas de cavalaria, por exemplo, eram sucesso garantido e o texto abaixo, que circulou na Europa a partir de 1490, pode dar uma amostra de como eram empolgantes as histórias que elas contavam:

CAPÍTULO LXVII
O COMBATE DE TIRANT COM O SENHOR DAS VILASERMAS

— *Se queres gozar de paz, amor e boa vontade comigo, Tirant, e que eu perdoe teu ato de juventude, eu o farei sob a condição de que me dês o broche daquela ínclita senhora, dona Inês de Berri, junto com a faca que tens na mão e o escudo de papel, para que eu possa exibir às damas de honra. Bem sabes que não és digno nem merecedor de possuir coisa alguma que pertença a senhora tão alta e virtuosa como aquela, porquanto teu estado, linhagem e condição não são suficientes para que lhe des-*

calces o chapim esquerdo. Sequer podes nivelar-te a mim, senão que eu, pela minha benignidade, assenti em nivelar-te a mim e quis bater-me contra ti.

— Cavaleiro — redargüiu Tirant —, não ignoro tua nobreza, quem és, o que vales e o que podes fazer. Mas, não estamos em hora e lugar para ficar discutindo méritos de linhagens. Sou Tirant lo Blanc: quando empunho a espada, não há rei, duque, conde ou marquês que recuse enfrentar-me. Isso é sabido de todos. Em ti, porém se podem achar facilmente os sete pecados capitais. Julgas que com palavras vis e desonestas podes assustar-me e denegrir a mim e à minha condição. Digo-te que, por mais nobre cavaleiro que possas ser, não me sinto injuriado nem me teria por louvado, se algo de bom disséseis de mim, pois, é voz comum que vale tanto a alguém ser louvado por homens maus como ser louvado pela prática de coisas más. Vamos ao combate, e cumpramos aquilo que nos trouxe aqui; deixemos de lado palavras supérfluas que nada significam, pois se um só de meus cabelos caísse em terra, não quereria cedê-lo a ti muito menos consentiria que o apanhasses.

— Já que não quereis acordo — disse o juiz — quereis vida ou morte?

Respondeu o senhor das Vilasermas:

— Muito me dói a morte deste jovem soberbo. Vamos ao combate e retornemos a nossas posições.

O juiz galgou o estrado feito de galhos e gritou:

— Eia, cavaleiros, lute cada um como valente e bom cavaleiro.

Como homens irados, um partiu contra o outro. Nos primeiros golpes desferidos, o cavaleiro francês trazia a faca elevada acima da cabeça enquanto Tirant a trazia a altura dos pés. Frente a frente os dois, o cavaleiro assestou forte golpe no meio da cabeça de Tirant e este lhe rebateu em contrapartida, dando-lhe de revés um golpe sobre a orelha esquerda que, acertada, caiu-lhe sobre o ombro: quase se lhe expunham os miolos. O outro acertou Tirant no centro da coxa, abrindo com a facada brecha de um palmo grande; repetiu rápido outro golpe no braço esquerdo que foi até o osso. Era espantosa a fúria com que ambos pelejavam. De tão próximos, a cada golpe que se davam arrancavam-se tanto sangue que provocavam intensa piedade nos que viam os cruéis ferimentos dos dois, pois as camisas estavam vermelhas do muito sangue que perdiam. Coitadas das mães que os tinham parido! Jerusalém perguntou várias vezes ao juiz se não queria que lhes interrompesse o combate, mas o cruel juiz sempre respondia:

— Deixai-os chegarem ao desejado fim de seus cruéis dias.

Acredito que àquela altura ambos teriam preferido a paz à guerra. Mas, por serem cavaleiros valentíssimos e de grande coragem, permaneciam em combate, implacáveis. Por fim, sentindo-se à beira da morte pelo muito sangue que havia perdido, achegou-se Tirant o mais que pode do outro e atacou-o de frente, golpeando-o no mamilo esquerdo, direto no coração. Revidou-lhe o outro com forte facada sobre a cabeça, fazendo-o perder a visão dos olhos e cair por terra antes dele. Tivesse o francês podido suster-se quando Tirant caiu, bem que teria conseguido matá-lo, se assim o quisesse. Não teve, porém, força suficiente e tombou imediatamente morto no solo.

Vendo o juiz os dois cavaleiros permanecerem tão inertes, desceu do estrado e, aproximando-se deles, disse-lhes:

— Por minha fé, agistes como bons cavaleiros, dignos de muita honra: ninguém vos pode acusar de nada.

Abençoou duas vezes a cada um e tomando dois pedaços de madeira fez com eles cruzes e colocou-as sobre os corpos, dizendo:

— Vejo que Tirant tem ainda os olhos um pouco abertos e, se não está morto, bem perto está de o ser. Peço-vos agora, Jerusalém, que fiqueis aqui guardando os corpos, pois vou à corte dar ciência ao rei e aos juízes de liça.[2]

---

2 Martorell, Joanot. *Tirant lo Blanc.* Tradução de Cláudio Giordano. Prólogo de Vargas Llosa. São Paulo, Giordano, p. 96-7.

Adrenalina a mil, leitor eletrizado?

Os complicados séculos que separam a dissolução do mundo clássico do surgimento dos tempos modernos viram um mundo (leia-se Europa) repartido em feudos e burgos.

Na literatura, a Idade Média que registram as já mencionadas canções trovadorescas e novelas de cavalaria, é musical e aventureira, não sobrando quase espaço para os oprimidos, para a escravidão dos mosteiros e conventos, para o autoritarismo da Igreja Católica. O que a versão oficial selecionou foi uma literatura que, embora tardiamente recolhida e aparentemente composta ao embalo de vinhos e danças, nas tabernas e nas ruas, só muito raramente escapa de um ponto de vista aristocrático e católico.

Mas em outros momentos — é verdade, leitora desconfiada, que bem mais raros — confluem para os textos medievais a malícia e o jogo de cintura do povinho miúdo, sempre às voltas com a autoridade, seja a da mãe zelosa da castidade da filha, ou a do nobre sovina que não paga o prometido.

Alguns bocejos da platéia me dizem que é hora de abafar o blablablá com a sonoridade do texto. Obedeço, calo e chamo em meu socorro vozes de hoje, que ressuscitam tons medievais. Epa! de novo reivindicações de autenticidade da amostra? Vá lá, leitor incorrigível... mas uma só, e não reclame se não entender... Mais que uma? Duas, então: — dois poemas antigos — um, com autêntica identidade medieval (composto por Martin Codax no século XIII e que por isso pede leitores que não tropecem na busca da compreensão do texto) e outro com sotaque do sotaque, em que Camões, no século XVI, escreve à moda dos séculos anteriores.

Mia irmãa fremosa, treides comigo
A la igreja de Vig', u é o mar salido:
E miraremo' — las ondas.

Mia irmãa fremosa, treides de grado
A la igreja de Vig', u é o mar levado:
E miraremo' — las ondas.

A la igreja de Vig', u é o mar salido,
E verrá i, madre, o meu amigo:
E miraremo' — las ondas.

A la igreja de Vig', u é o mar levado,
E verrá i, madre, o meu amado:
E miraremo' — las ondas.[3]

MOTE

Descalça vai pera a fonte
Lianor, pela verdura;
vai fermosa e não segura.

VOLTA

Leva na cabeça o pote,
o testo nas mãos de prata,
cinta de fina escarlata,
saínho de chamalote;
traz a vasquinha de cote,
mais branca que a neve pura;
vai fermosa e não segura.

3 Spina, Sigismundo. *A lírica trovadoresca*. São Paulo, Edusp, 1991, p. 318.

Descobre a touca a garganta,
cabelos d'ouro o trançado,
fita de cor d'encarnado...
Tão linda que o mundo espanta!
Chove nela graça tanta
que dá graça à fermosura;
vai fermosa, e não segura.[4]

Satisfeita a sede de autenticidade — autenticidade requentada... mas requentada por Luís de Camões (1524/25-1580), poxa! — quem nos ciceroneia agora é o Caetano jovem, que celebra o amor de Clara, moça irmã da donzela medieval, que vive seu amor entre o cotidiano de mulher e o mar que leva para longe o amado.

Quando a manhã madrugava calma
alta
clara
clara morria de amor

faca de ponta flor e flor
cambraia branca sob o sol
cravina branca amor
cravina amor
cravina e sonha

4 Camões, Luís de. *Lírica completa I.* Prefácio e notas de Maria de Lurdes Saraiva. Lisboa, Imprensa Nacional-Casa da Moeda, 1980, p. 85.

a moça chamada clara
água
alma
lava
alva cambraia no sol

galo cantando cor e cor
pássaro preto dor e dor
um marinheiro amor
distante amor
e a moça sonha só
um marinheiro sob o sol
onde andará o meu amor
onde andará o amor
no mar amor
no mar ou sonha
se ainda lembra o meu nome
longe
longe
longe
onde estiver numa onda num bar
numa onda que quer me levar
para o mar de água clara
clara
clara
clara
ouço meu bem me chamar

faca de ponta dor e dor
cravo vermelho no lençol
cravo vermelho amor
vermelho amor
cravina e galos

e a moça chamada clara
clara
clara
clara
alma tranqüila de dor[5]

Gostou, não é, leitor melódico? Mas temo que a gente grave — aqueles rabugentos de cara azeda — achará no exemplo umas aparências de pura mistificação, ao passo que a gente frívola não achará nele seu cantor usual. Mas eu, que ainda espero angariar as simpatias dos leitores, continuo apostando em Mano Brown, em Bezerra da Silva, em Arnaldo Antunes e nos Racionais.

Todos eles revivem, no bulício turbinado dos megashows em estádios, a praça medieval. E no ritmo e na cor das canções, a gaia ciência dos trovadores e jograis andarilhos pela Europa medieval bem pode reencarnar num *boy* em trânsito num trem da Central plugado num *walkman*.

Tenho dito, musicais leitores! E passem bem que outros sotaques e perfis nos esperam!

5 Caetano Veloso, "Clara", in *Caetano Veloso*, Rio de Janeiro, Polygram, 1968.

Capítulo 10

(onde se aguça olhar malévolo e audição mal-intencionada para ouvir e ver perfis barrocos e (neo)clássicos no que se chama de literatura)

(...)
Uma turma de poetas
Que vivem o dia inteirinho
Tangendo as cordas da lira,
Em vez de atirarem bombas
No marquês de Barbacena
E no rei de Portugal.
Quem dorme mais é Dirceu.[1]

Passou-se o tempo, e com ele a Idade Média, que começa a desbotar suas cores, perante o mundo moderno que aponta no horizonte.

1 Mendes, Murilo. "A estátua do alferes", in *História do Brasil*. Rio de Janeiro, Nova Fronteira, 1991, p. 35.

Já abandonando o mundo medieval, mas ainda sem cruzar as fronteiras do mundo moderno, vamos deixando para trás os textos líricos e melodiosos da Idade Média. A guia tagarela retoma a palavra e informa: há muitos séculos, quase até as portas de mil e oitocentos, a literatura era produzida em escala muito menor do que agora; hoje, os livros são impressos em série, vendidos em diferentes pontos, de bancas de jornal a megalivrarias, constituem renda para seu autor, lucro para editoras e livrarias.

Esse prosaico circuito que a literatura contemporânea precisa percorrer para chegar das mãos do escritor às do leitor não existia antigamente. Não era assim no tempo de Homero, nem no de Virgílio (70-19 a.C.), nem na Idade Média. Tampouco era assim até quase o final do século XVIII.

Em tempos mais antigos — na Idade Média, por exemplo — o escritor não precisava preocupar-se em agradar ao público indiferenciado: financiado por alguém rico e geralmente muito poderoso, bastava que ele angariasse as simpatias de seu patrono, o mecenas que, garantindo-lhe abrigo, comida, vestimenta e proteção, financiava-lhe a aventura literária.

Essa forma de produção marcou fortemente a literatura.

Talvez em função de então exercer-se na proximidade dos ricos e dos poderosos, a literatura ganhou marcas de atividade de elite, ficando o poeta com a imagem de cidadão improdutivo. Popularizou-se com isso a — até hoje equivocadamente vigente — idéia de que *escrever literatura* é uma atividade ociosa.

Também ao longo dos séculos XVII e XVIII eram ainda salões da aristocracia que, entre veludos e brocados, goles de chá e bolinhos precursores das academias de hoje, recebiam da boca dos poetas suas últimas composições.

O artista diante de um público numeroso e pagante (na Europa, leitor brasileiro, na Europa...) veio depois, na esteira de processos tecnológicos e industriais que baratearam livros e impressos, e na seqüência de campanhas maciças de alfabetização. E porque vem depois, vai para o próximo capítulo. Mas, de qualquer forma, ficaram no capítulo anterior os trovadores cantando canções em festas palacianas e em tavernas de rua, o teatro nas câmaras reais, os fantoches e pantomimas nos adros das igrejas.

Saltando alguns séculos, chegamos ao mundo moderno da Renascença, e ao mundo moderníssimo de depois dela, onde nos deteremos, anunciando o salto por sobre a Renascença, com o perdão de todos os renascentistas.

Trata-se, na verdade, de uma obra difusa, esta.

Epa! mas se pudemos pular a Renascença, não podemos pular o Barroco. Ainda mais se falamos da América Latina, onde o Barroco parece ter-se dado tão bem que até se fala em Neobarroco... Também não podemos pular o Neoclassicismo (sim, leitora bem informada, Neoclassicismo é outra forma de designar o Arcadismo!) que — *tchan tchan tchan tchan*! — foi o estilo contemporâneo do momento no qual o Brasil começou a dispor de um sistema literário.

Barroquemos, pois, e neoclassicizemos, bucólicos leitores!

Numa Europa dividida entre as forças tradicionais do catolicismo romano e a força emergente do cristianismo reformado por Lutero e por Calvino, e também entrando no coquetel a herança humanista dos velhos gregos renascidos no Renascimento, a literatura dos arredores de mil e seiscentos entra em parafuso.

Céu e Terra, homem e Deus, pecado e virtude, tudo se acotovela para expressar a coexistência de dois mundos. No caso nosso, de brasileiros que então fazíamos parte da cultura ibérica, entre os dois pólos tensionados, prevalece o pólo católico. Católico, cheio dos dourados das igrejas, do cheiro de incenso, de púlpitos filigranados de onde se proferiam sermões engenhosos, de literatura de conventos e academias, de onde vinham poemas cheios de trocadilhos e de labirintos.

Ver para crer, incrédulo leitor? À vontade.

Em cena, e pela ordem de entrada: o Padre Antonio Vieira (1608-1697) com um trechinho de seu *Sermão da Sexagésima*, pregado em 1655; depois Gregório de Matos (1636-1696) com um engenhoso soneto.

Suposto que o Céu é pregador, deve de ter sermões e deve de ter palavras. Sim tem, diz o mesmo Davi, tem palavras e tem sermões e mais, muito bem ouvidos. Non sunt loquellae, nec sermones, quorum non audiantur voces eorum *(Salmos, XVIII, 4). E quais são estes sermões e estas palavras do Céu? As palavras são as estrelas, os sermões são a composição, a ordem, a harmonia e o curso delas. Vede como diz o estilo de pregar do Céu, com o estilo que Cristo ensinou na terra? Um e outro é semear; a terra semeada de trigo, o Céu semeado de estrelas. O pregar há de ser como quem semeia, e não como quem ladrilha ou azuleja. Ordenado, mas como as estrelas:* Stellae manentes in ordine suo *(Juízes, V,20). Todas as estrelas estão por sua ordem; mas é ordem que faz influência, não é ordem que faça lavor. Não fez Deus o Céu em xadrez de palavras. Se de uma parte está branco, da outra há de estar negro; se de uma parte está dia, da outra há de estar noite; se de uma parte dizem luz, da outra hão de dizer sombra; se de uma parte dizem desceu, da outra hão de dizer subiu. Basta que não havemos de ver num sermão duas palavras em paz? Todas hão de estar sempre em fronteira com o seu contrário? Aprendamos do Céu o estilo da disposição e também o das palavras. Como hão de ser as palavras? Como as estrelas. As estrelas são muito distintas e muito claras. As-*

sim há de ser o estilo da pregação, muito distinto e muito claro. E nem por isso temais que pareça o estilo baixo; as estrelas são muito distintas e muito claras e altíssimas. O estilo pode ser muito claro e muito alto; tão claro que o entendam os que não sabem, e tão alto que tenham muito que entender nele os que sabem. O rústico acha documentos nas estrelas para a sua lavoura, e o mareante para a sua navegação, e o matemático para as suas observações e para os seus juízos. De maneira que o rústico e o mareante, que não sabem ler nem escrever, entendem as estrelas e o matemático que tem lido quantos escreveram não alcança a entender quanto nelas há. Tal pode ser o sermão: estrelas que todos as vêem, e muito poucos as medem.[2]

SONETO

Vês esse sol de luzes coroado,
Em pérolas a Aurora convertida;
Vês a Lua, de estrelas guarnecida;
Vês o Céu, de Planetas adornado?

O Céu deixemos: vês naquele prado
A rosa com razão desvanecida,
A açucena por alva presumida,
O cravo por galã lisonjeado?

Deixa o prado: vem cá, minha adorada:
Vês desse mar a esfera cristalina
Em sucessivo aljôfar desatada?

2 Apud *Presença da literatura portuguesa* (Era Clássica). São Paulo, Difel, p. 171-2.

Parece aos olhos ser de prata fina...
Vês tudo isto bem? Pois tudo é nada
A vista de teu rosto, Catarina.[3]

Começando com o texto do Padre Vieira, invista um tempo lendo-o. E relendo-o. Em voz alta, como se fosse ensaio para uma *performance*, como se você estivesse falando para uma multidão de pessoas. Não se iniba, leitor tímido! Use as mãos, os braços, entonação e altura de voz para impressionar seus ouvintes. Sublinhe, com sua voz, a argumentação cerrada do texto. Observe como o Padre Vieira constrói metáforas para a arte de fazer sermões e vai depois desdobrando as metáforas, ordenando simetrias, repetindo termos, tecendo perguntas e entretecendo respostas.

Lindeza de retórica, não é mesmo?

Tendo já experimentado o gostinho (quadriculado, eu acho, apesar de o autor desmentir) da prosa barroca, chegou a vez e a voz do baiano Gregório de Matos.

Poema de sedução, que elogia a beleza de Catarina.

Como o trecho do Padre Vieira, o texto do poeta também é cheio de simetrias, de oposições, de arranjos caprichosos de perguntas e de respostas. O poeta lança mão de elementos visuais, de cores, de brilhos, de matérias preciosas, o que combina bem com um poema que canta a beleza feminina. Ah! Que inveja da moça do poema, não é mesmo, leitoras marinas, carolinas, janaínas...?

Finalizando, para compensar tanto arrebique em prosa e verso, um poema arcádico muito sóbrio. Nele, o poeta Tomás Antonio Gonzaga (1744-1810), para conquistar a amada, se faz de pastor e representa o idílio de ambos num cenário ao mesmo tempo

3 Gregório de Matos. "A uma dama, pela mesma idéia", in *Obras completas*. São Paulo, Cultura, 1945, p. 101, v. 1. (Série Os Mestres da Língua)

campestre e doméstico. Observe como, ao contrário do delírio sensorial das comparações de Gregório de Matos, o universo aqui é medido, e meticuloso. Parece que a voz do poeta não se altera quando inicia sua amada no caráter natural da felicidade amorosa.

LIRA XIX

Enquanto pasta alegre o manso gado,
Minha bela Marília, nos sentemos
À sombra deste cedro levantado.
Um pouco meditemos
Na regular beleza,
Que em tudo quanto vive nos descobre
A sábia Natureza.

Atende como aquela vaca preta
O novilhinho seu dos mais separa,
E o lambe, enquanto chupa a lisa teta.
Atende mais, ó cara,
Como a ruiva cadela
Suporta que lhe morda o filho o corpo,
E salte em cima dela.

Repara como, cheia de ternura,
Entre as asas ao filho essa ave aquenta,
Como aquela esgravata a terra dura,
E os seus assim sustenta;
Como se encoleriza.
E salta sem receio a todo vulto,
Que junto dele pisa.

Que gosto não terá a esposa amante,
Quando der ao filhinho o peito brando,
E refletir então no seu semblante!
Quando, Marília, quando
Disser consigo: É esta
De teu querido pai a mesma barba,
A mesma boca e testa.

Que gosto não terá a mãe, que toca,
Quando o tem nos seus braços, c'o dedinho
Nas faces graciosas e na boca
Do inocente filhinho!
Quando, Marília bela,
O tenro infante já com risos mudos
Começa a conhecê-la!

Que prazer não terão os pais, ao verem
Com as mães um dos filhos abraçados;
Jogar outros a luta, outros correrem
Nos cordeiros montados!
Que estado de ventura:
Que até naquilo, que de peso serve,
Inspira Amor doçura![4]

Tanto nhenhenhém pedagógico não dá uma pontinha de saudade da Catarina de Gregório de Matos, leitoras marílias, emílias e dulcílias...?

4 Gonzaga, Tomás Antonio. *Marília de Dirceu*. São Paulo, Martins, s/d, p. 51. (Col. Biblioteca de Literatura Brasileira)

Capítulo 11

(onde — com suspiros profundos, lágrimas em fio e valsas de Chopin — se assiste aos compassos românticos do que se chama de literatura)

Ainda não consegui, eu que leio
poetas todos os dias,
encontrar a medida universal,
a fita métrica mágica,
para aferir quem é grande, quem é maior ou menor.
Menor por quê? Por que maior?
Somos poetas os que somos.

Cada leitor é quem sabe
Os que lhe chegam mais perto
Do peito, do ser, da fronte.
Não sei se os meus prediletos
"Eu plantei um pé de sono
brotaram vinte roseiras."
(só gosto do que me comove,
só me comove o que entendo)
são pequenos ou são grandes.
Sei só que são bem-amados.[1]

---

1 Thiago de Mello. "Palavra perto do peito", in *De uma vez por todos*. Rio de Janeiro, Civilização Brasileira, 1996, p. 35.

Como se ameaçou no capítulo anterior e como se prenunciava em agitações sociais aqui e ali, o mundo aristocrático cheio de regras, modelos, padrões e normas dissolveu-se, evaporou-se. A vida modernizou-se e, na modernização, atenuou o autoritarismo de algumas de suas feições e aperfeiçoou o de outras.

Nasceu destas cinzas o mundo burguês, ao tempo de seu nascimento liberal e romântico.

Com a vitória política da burguesia, na França de 1789, começa um ciclo cultural novo. Do outro lado do Canal da Mancha, na Inglaterra, a industrialização criava um modo novo de produção. Desaparecia o artesão e em seu lugar surgia o operário. Entre o operário e a mercadoria que ele produzia, estavam as máquinas, cada vez mais aperfeiçoadas. Para fazer a máquina funcionar, o operário precisava saber ler. Abriram-se escolas. A alfabetização espalhou-se, a difusão da leitura ampliou muito o mercado disponível para livros.

Firma-se uma nova cultura, e nela novas linguagens redefinirão e expressarão a nova posição do homem (e da mulher...) no mundo e a natureza deste mundo. Homens, mulheres e mundos bastante diferentes dos vistos e registrados pelos olhos clássicos, medievais, renascentistas, barrocos e neoclássicos.

Na literatura, essa virada foi o Romantismo.

Comparadas com as práticas e concepções clássicas, concepções e práticas literárias românticas democratizaram-se muito. Produções escritas às quais a literatura clássica torcia o nariz ganharam cidadania.

Exemplos, leitor incrédulo? O maior e melhor de todos é o romance, que ao lado de um possível (e vago) parentesco com a ilustre epopéia clássica, herdou e transformou tradições narrativas populares, abandonou o berço aristocrático e, recolhido ao jornal, foi buscar seus leitores em um público bastante amplo, desprovido de erudição e quase sem linhagem literária.

Ah! o romance, leitora romântica!

A guia, de novo, pede desculpas pela pressa, e chama a atenção dos viajantes para a grande difusão da literatura na esteira da multiplicação de escolas e democratização da leitura. Os caríssimos manuscritos antigos, os mais modernos mas ainda poucos e caros exemplares impressos com tecnologia precária, a identificação entre leitura, posse de livros e classe dominante — tudo isso começa a ruir, com a multiplicação de leitores e de jornais.

O jornal é barato, veículo democrático de textos de idêntica pretensão. Comprando jornais para ler folhetins, homens e mulheres, jovens e crianças de diferentes origens sociais, capazes de leitura, começam a gostar de ler. Associando-se a gabinetes de leitura podem reler, agora em volumes, o que tinham lido em folhetins.

Daí para a frente, a literatura fica cada vez mais acessível: o livro de bolso, os poemas na música, os romances de capa dura em bancas de jornal, os *grafiti* de parede, as versões eletrônicas dos livros, as histórias interativas... Mas, epa! este depois é *muuuuuuito* depois, é o nosso hoje... e o título indica que este capítulo cuida ainda do século XIX!

Rewind, pois, leitor acelerado!

Sob muitos aspectos, a literatura romântica foi uma festa, em que lágrimas e sorrisos borbulhavam do coração de leitores — muitos leitores, muitas e muitas leitoras — comovidos com o que liam. Aos olhos de hoje, essa concepção e essa prática romântica de literatura parecem ter-se fundado na emoção, fantasia, imaginação, sentimento e, acima de tudo, na experiência nova de uma vida mais livre, centrada no indivíduo.

Nos textos românticos, essa liberdade manifesta-se de vários modos: na linguagem adotada, muito mais próxima da falada na época, e muito mais distante das inflexões clássicas do latim e do grego. Na musicalidade dos ritmos adotados, na desobediência à racionalidade limitadora das peripécias, na criação de personagens arrebatadas pela própria fantasia. Tudo isso, transbordando, contagiava os leitores e influía na imagem que se fazia de autores.

Leitores e personagens tornavam-se, mais do que nunca, completamente coniventes com as regras do jogo: por que não descobrir que é filha adotiva, fugir de casa, encontrar um príncipe disfarçado de mendigo e ser feliz para sempre? Como é que é, leitora enamorada? Você quer saber onde se encontram mendigos-príncipe como esse?

Esqueça, por instantes, o mundo dos príncipes encantados e mergulhe na história de um romance romântico brasileiro, escrito em 1859 por Ana Luisa de Azevedo Castro (?1823-?1869), que mistura o imaginário romântico europeu de amores violentamente contrariados a uma paisagem brasileira com sabor de carás e batatas-doces, embebida simultaneamente em religiosidade católica e misticismo indígena:

Uma noite de inverno, na minha infância, achava-me com minha família na Ponta Grossa, onde estávamos hospedadas em casa de umas gentes as mais antigas do lugar. Ao pé de um bom fogo, cujo calor saboreávamos com delícias, pelo frio que fazia, e onde se assavam carás e batatas-roxas, que eu comia com delicioso prazer, eu ouvia também as histórias que me contavam duas índias velhas, com seu falar pausado e cadencioso, com essa algaravia única, em que se misturam as línguas primitiva e a portuguesa adotada, que tanto me agradava.

De vez em quando atiçavam elas as chamas, e tiravam do braseiro, com tenazes de pau, carás e batatas tão bem cozidos como se tivessem sido preparados no forno. Com a viveza própria de meu caráter, eu fazia mil perguntas à tia Simoa e à mãe Micaela, as duas irmãs índias. Nessa noite, ouvi muitos fatos interessantes acerca dos Padres Santos que seria longo narrá-los.

Porém o que mais me impressionou, e que guardei fielmente na memória, foi uma legenda da Ilha do Mel.

— Mãe Micaela, disse eu à mais velha das índias, por que causa ninguém vai à Ilha do Mel, e todos dizem ser ela mal-assombrada?

— Ah! Taim, me respondeu ela persignando-se e pulando na sua esteira: ah! ah! Mecê quer saber uma história tão feia?

Padre, Filho e Espírito Santo! Mecê não há de pregar olhos esta noite.

Não, Deus Nosso Senhor me livre de contar-lhe isso.

— Está bem, mãe Micaela, como você se recusa aos meus desejos, voltar-me-ei à Tia Simoa, e ela me fará a vontade; além disso, não lhe hei de ensinar as Bemaventuranças, nem lhe hei de ler amanhã a história da Princesa Magalona.

— Um! um! um, Taim! mecê há de fazer tudo isso?... Virgem Maria! Então vou contar-lhe tudo, se mecê tiver medo, eu direi à sua madre que mecê me obrigou: olhe que é uma história do Anhangá!

— Não, boa mãe Micaela, não tenho medo do Anhangá; dê-me mais um cará assado, e comece a sua história.[2]

O conceito de literatura como transbordamento de uma alma para outra parece durar até hoje. Às vezes, com Caetano Veloso, acho que (ainda) somos todos um pouco muito românticos. E parece que o poeta brasileiro Álvares de Azevedo (1831-1852) também achava, e o disse com todas as letras, no texto com que apresenta os poemas de seu livro *Lira dos vinte anos*. Para ele, seus versos eram:

2 Azevedo Castro, Ana Luisa. *Dona Narcisa de Vilar*. Florianópolis, Mulheres, 1997, p. 19-21.

"Cantos espontâneos do coração, vibrações doridas da lira interna que agitava um sonho, notas que o vento levou [...] as páginas despedaçadas de um livro não lido..."[3]

O poeta não deixa por menos: devassa (ou faz de conta que devassa) sua intimidade e espera que o leitor se identifique profundamente com os versos:

E agora que despi a minha musa saudosa dos véus do mistério do meu amor e da minha solidão, agora que ela vai seminua e tímida por entre vós, derramar em vossas almas os últimos perfumes do seu coração, ó meus amigos, recebei-a no peito, e amai-a como consolo que foi de uma alma esperançosa, que depunha fé na poesia e no amor — esses dois raios luminosos do coração de Deus.[4]

Lágrimas enxutas, leitorinha sentimental? Coração batendo forte, leitor turbinado? Voltemos, então, ao pão, pão; queijo, queijo com que a guia da excursão anunciava a abertura dos diques que represavam emoção e sentimento. A prática literária que engessava o texto com normas e regras, cedeu lugar a outro figurino, que via a liberdade com valor maior.

Em certos casos, e por algum tempo, a literatura, como prática da liberdade disponível para o escritor dos começos do século XIX,

3 Azevedo, Álvares de. Lira dos vinte anos. *Obras completas de Álvares de Azevedo*. Organização de Homero Pires. São Paulo, Nacional, 1942, p. 3.
4 Ibidem.

assume a função de denunciar injustiças e reivindicar uma nova ordem social. Em uma palavra, é a poesia de protesto. É a poesia para comícios, forma de participação política praticada e vivida nos limites possíveis do sisudo tempo de afirmação da burguesia.

Faltam exemplos da época? Valho-me do maior de todos, Castro Alves, *poeta colosso, sujeito moço que soube o que fez*. E o que fez ele? Fez de sua poesia arma de luta contra a sociedade brasileira escravocrata contemporânea sua, gritando para quem quisesse (e quiser ainda) ouvir:

Adeus, meu canto! É hora da partida...
O oceano do povo se encapela,
Filho da tempestade, irmão do raio,
Lança teu grito ao vento da procela.

....

É tempo agora pra quem sonha a glória
E a luta... e a luta, essa fatal fornalha,
Onde referve o bronze das estátuas
Que a mão dos séc'los no futuro talha...

....

E, pendido através de dois abismos,
Com os pés na terra e a fronte no infinito,
Traz a bênção de Deus ao cativeiro,
Levanta a Deus do cativeiro o grito![5]

5 Castro Alves. "Adeus, meu canto", in *Obras completas*. Rio de Janeiro, Livraria Francisco Alves, 1921, p. 125 a 133, v. 2.

Complicado? É o sotaque daquele tempo, leitor linear! O poeta baiano estava dizendo, mais ou menos, que naquele tempo tinha gente como a gente, que, como dizem os Titãs, não queria só comida, que *queria comida, diversão e arte*, ou se perguntando *qual foi a Pátria que nos pariu*. Qual foi? Ah, perdão pela grosseria, leitora sensível, mas estou citando Gabriel, o pensador, outro herdeiro legítimo de Castro Alves!

Sinto-me à beira de perder o leitor, e com ele o emprego. Idéia fixa, fino leitor? Deus me livre de uma idéia fixa, como essa que me está perseguindo, de que desconfiam da guia, que esse tipo de poesia, como diz Geraldo Vandré, *caminhando e cantando e seguindo a canção* é coisa antiga. Que poesia social e libertária não foi privilégio romântico, assim como tampouco as normas e convenções literárias ficaram sepultadas nos longínquos tempos clássicos.

Certo.

Ab-so-lu-ta-men-te cer-to!

Os vários modos de ser da literatura não se limitam a existir apenas no momento em que nascem, nem se segmentam com a nitidez que lhes conferem cursos e livros sobre literatura. Os vários modos de ser da literatura, ou seja, os *estilos literários* são, antes de mais nada, linguagens vivas e mutantes. E, como linguagens vivas, repontam antes e depois de sua vigência oficial. Menos ostensivos, entrelaçados a outras tendências, empurrados a muque para dentro ou para fora, desta ou daquela forma, mas sempre presentes. Como cantava Geraldo Vandré, que já deu uma mão ali em cima: *nas escolas, na vida, bancos, procissões*; ou na memória. Portanto, retifique seu nariz, leitor recalcitrante, que continuo ciceroneando a viagem.

Já é tempo de deixar os poetas românticos a sós com suas lágrimas, suspiros, brados de indignação e revolta. Virar a página, mas continuar no Romantismo, pois também marcou a literatura romântica o acelerado desenvolvimento e reconhecimento do romance, gênero literário anteriormente sem prestígio e considerado menor, coisa do povo e de mulheres...

Em seu ateliê, o romancista, nova personagem central da vida literária, tece suas teias de sedução.

Com a palavra, Joaquim Manuel de Macedo (1820-1882), prosador brasileiro da primeira metade do século XIX, e de ibope alto entre os leitores contemporâneos seus (e alguns nossos). É assim que ele apresenta *A Moreninha*, sua primeira grande obra (1844) e nosso primeiro *best-seller*. Tão *best-seller* que virou filme, novela, história em quadrinhos. Só falta um hipertexto... quem sabe você não faz um *site* para ela? Dava um hipertexto hiperlegal e você ganhava uma medalha de moreno/morena internauta!

Mas enquanto seu hipertexto não vem, vamos ver como o autor apresentou o livro na primeira edição:

> *Eis aí vão algumas páginas escritas, às quais me atrevi a dar o nome de Romance. Não foi ele movido por nenhuma dessas três poderosas inspirações que tantas vezes soem aparar a pena dos autores: glória, amor, interesse [...]. [Velei] trinta noites garatujando o que por aí vai. Este pequeno romance deve sua existência somente aos dias de desenfado e folga que passei no belo Itaboraí, durante as férias do ano passado. Longe do bulício da corte e quase em ócio, a minha imaginação assentou lá consigo que bom ensejo era esse de fazer travessuras e em resultado delas saiu A Moreninha.*[6]

Há muita lábia nessa história, não é mesmo? Macedo quer embrulhar seu romance e seus leitores. E dá seu recado fazendo

6 Macedo, Joaquim Manuel de. *A Moreninha*. Edição crítica preparada por Tânia Serra. Rio de Janeiro, Lacerda, 1997, p. 43.

charme, mencionando desprendimento, noites em claro, horas de lazer empregadas na escrita... como é que o leitor não vai gostar? Claro que vai. Qualquer leitor gosta, menos — é claro — aqueles que resmungam de tudo. E o leitor arguto, nas entrelinhas das entrelinhas, compra a promessa irresistível de um romance feito por quem é íntimo da vertiginosa vida da corte, embora esteja temporária e voluntariamente dela afastado...

São mais ou menos as mesmas, as confissões que fazem e as instruções que a seus leitores dão outros romancistas.

O divertido Manuel Antonio de Almeida (1831-1861) de *Memórias de um sargento de milícias* (1854-1855) e José de Alencar tratam seu público da mesma forma, com mesuras que, na época, funcionavam como efeitos especiais para impressionar leitores.

O figurino pelo qual Manuel Antonio de Almeida — um pioneiro da prosa — procura cativar seus leitores é muito eficiente: consiste em entremear à narração das confusões da personagem Leonardo observações dirigidas aos leitores. Incentiva-os a participarem da história, avaliando o comportamento das personagens, como registra o finalzinho da transcrição abaixo:

Passaram-se algumas semanas: Leonardo, depois de acabadas todas as cerimônias, foi declarado agregado à casa de Tomás da Sé, e aí continuou convenientemente arranjado. Ninguém se admire da facilidade com que se faziam semelhantes coisas; no tempo em que se passavam os fatos que vamos narrando nada havia mais comum do que ter cada casa um, dois e às vezes mais agregados.

Em certas casas os agregados eram muito úteis, porque a família tirava grande proveito de seus serviços, e já tivemos ocasião de dar exemplo disso quando contamos a história do finado padrinho de Leonardo; outras vezes, porém, e estas eram em maior número, o agregado, refinado vadio, era uma verdadeira parasita [...]

Em qual dos dois casos estava ou viria estar em breve o nosso amigo Leonardo? O leitor que o decida pelo que se vai passar.[7]

Também José de Alencar reza por essa bíblia.

Seu romance *Lucíola* (1862) é a história de uma moça que se prostitui para sustentar a família e que, arrependida, expia sua culpa num amor impossível e numa doença fatal que a leva à morte. Enredo nada *light* para a época, não é mesmo, leitor *heavy*? Esbanjando charme para seduzir e envolver leitores, José de Alencar dá voz a um narrador que amarra a história que conta em um conjunto de cartas que diz ter re-escrito. E se confessa temeroso dos efeitos morais que sua história possa ter sobre leitoras jovens... manobra seguríssima para interessar leitores, sobretudo as jovens, não é mesmo, leitor jovem?

Veja como o narrador orquestra bem o que diz:

A senhora estranhou, na última vez que estivemos juntos, a minha excessiva indulgência pelas criaturas infelizes, que escandalizam a sociedade com a ostentação do seu luxo e extravagâncias.

Quis responder-lhe imediatamente, tanto é o apreço em que tenho o tato sutil e esquisito da mulher superior para julgar de uma questão de sentimento. Não o fiz, porque vi sentada no sofá, do outro lado do salão, sua neta, gentil menina de 16 anos, flor cândida e suave, que mal desabrocha à sombra materna. Embora não pudesse ouvir-nos, a minha história seria uma

7 Almeida, Manuel Antonio de. *Memórias de um sargento de milícias*. São Paulo, Ática, 1975, p. 94.

profanação na atmosfera que ela purificava com os perfumes da sua inocência; e — quem sabe? — talvez por ignota repercussão o melindre de seu pudor se arrufasse unicamente com os palpites de emoções que iam acordar em minha alma.[8]

Também em *Iracema* (1865) Alencar faz o leitor sentir-se em casa, franqueando a seus ouvidos uma conversa de compadres, por meio de uma carta que encerra o livro:

Já leu o livro [...]

Conversemos sem cerimônia, em toda a familiaridade, como se cada um estivesse recostado em sua rede, ao vaivém do lânguido balanço [...]

Se algum leitor curioso se puser à escuta, deixá-lo. Não havemos por isso de mudar o tom rasteiro da intimidade pela frase garrida das salas.

Sem mais.

Há de recordar-se você de uma noite que, entrando em minha casa, quatro anos a esta parte, achou-me rabiscando um livro [...]

Já estava eu meio descrido das coisas, e mais dos homens; e por isso buscava na literatura diversão à tristeza que me infundia o estado da pátria entorpecida pela indiferença. [...][9]

Não parecem todos uma grande família, uma família de profissionais da narração que confia que os leitores vão acreditar no que ouvem? Para mim parecem, e muito.

---

8 Alencar, José de. *Lucíola*. São Paulo, Moderna, 1998, p. 18.

9 Alencar, José de. *Iracema*. Porto Alegre, L&PM, 1997, p. 135.

Perdão, leitor enigmático.

É capaz que depois de tanta leitura você tenha virado um daqueles intelectuais que acham que não fica bem exemplificar sempre e apenas com autores de língua portuguesa. *I beg your pardon, Sir, et je m'excuse...* Sei que tem gente que acha que a literatura em língua portuguesa é pobre pobre pobre de marré marré marré... Se você acha isso, você está no livro errado, mas, como é um pouco tarde para desfazermos nosso pacto de autor/leitor, vou fazer uma concessão e transcrever um trechinho de *Paulo e Virgínia* (1787), romance do escritor francês Bernardin de Saint-Pierre (1737-1814). Mas só faço a concessão porque *Paulo e Virgínia* é romance muito citado por personagens da literatura brasileira, que volta e meia tiram o livro da estante, lêem capítulos dele em serões, evocam-no em reminiscências... o que sugere que esse romance francês circulou muito entre brasileiros e brasileiras de carne e osso.

Pudera não! Até hoje a gente fica de olho molhado ao ler o diálogo em que Paulo, que morava com a mãe (Marguerite), Virgínia e a mãe dela (Madame de la Tour) em uma colônia francesa, recrimina Virgínia por partir para a França. Confira aí, leitora lacrimosa, e observe como o texto passa de "vós" a "tu" à medida que se intensifica o clima emocional da conversa entre os dois jovens:

Madame de la Tour, Marguerite e eu estávamos sentados a alguma distância embaixo das bananeiras, e, no silêncio da noite, ouvimos perfeitamente a conversa deles, que eu jamais esqueci:

Paulo lhe disse:

— Mademoiselle, vós partis, dizem, em três dias. Não temeis expor-vos aos perigos do mar... do mar do qual vós sois tão temerosa!

— É preciso, respondeu Virgínia, que eu obedeça aos meus pais e ao meu dever.

— Vós nos deixais, replicou Paulo, por uma parenta afastada, que vós jamais vistes!

— Helas! disse Virgínia. Eu queria ficar aqui toda a minha vida, mas minha mãe não o quis. Meu confessor me disse que a vontade de Deus era que eu partisse; que a vida era uma provação... Oh! é uma provação muito dura!

— Quoi, redargüiu Paulo, tantas razões vos decidiram, e nenhuma vos convenceu a ficar! Ah! E há ainda uma que vós ainda não me dissestes. A riqueza tem grandes atrativos. Vós encontrareis logo, num mundo novo, alguém a quem chamar de irmão, nome de que já não me chamais. Vós o escolhereis, este irmão, entre pessoas dignas de vós por um nascimento e por uma fortuna que eu não posso vos oferecer. Mas, para ser mais feliz, onde quereis ir? Em que terra desembarcareis que vos seja mais querida do que aquela onde nascestes? Onde encontrareis um grupo mais amigo do que entre aqueles que vos amam? Como podereis viver sem os carinhos de vossa mãe, aos quais estais tão acostumada? E que será dela, já de idade, quando não mais vos tiver a seu lado na mesa, em casa, nos passeios durante os quais sois seu arrimo? E que será de minha mãe, que vos quer tanto quanto a vossa? O que direi a elas quando as vir chorando pela vossa ausência? Cruel! E eu não vos digo nada de mim: mas que será de mim, quando pelas manhãs não mais vos vir conosco, e quando a noite vier sem nos reunir? e quando eu contemplar estas duas palmeiras plantadas quando nascemos e por tanto tempo testemunhas de nossa amizade? Ah, que um novo destino te aguarda, buscas países diferentes de teu país natal, outros bens diferentes daqueles que meu trabalho constrói, deixa-me te acompanhar ao barco no qual partes. Eu te protegerei nas tempestades que tanto medo te causam na terra. Eu reclinarei tua cabeça sobre meu peito, e eu esquentarei teu coração contra o meu coração; e na França, onde tu vais em busca de fortuna e de grandeza, eu te servirei como escravo. Feliz apenas com tua felicidade, nos hotéis onde te verei servida e adorada, eu

serei ainda bastante rico e bastante nobre para te fazer o maior dos sacrifícios, morrendo a teus pés.

Os soluços embargaram sua voz, e nós imediatamente ouvimos a voz de Virgínia entrecortada de suspiros, dizendo a ele:

— É por ti que eu parto..., por ti que eu vi todos os dias curvado pelo trabalho para alimentar duas famílias enfermas. Se eu concordei em aproveitar a ocasião de ficar rica, é para te retribuir mil vezes o bem que tu nos fizeste. Uma fortuna é digna de tua amizade? Que me dizes de teu nascimento? Ah! se ainda me fosse possível me dar um irmão escolheria eu um outro que tu? Ó Paulo! Ó Paulo! Tu me és muito mais querido do que um irmão! Quanto me custou decidir me afastar de ti! Eu queria que tu me ajudasses a separar-me de mim mesma até que o céu pudesse abençoar nossa união. Enquanto eu fico, eu parto, eu quero, eu morro; faz de mim o que quiseres. Moça sem virtude! eu pude resistir a tuas carícias, mas não posso resistir a tua dor!

A estas palavras, Paulo a apertou em seus braços e, mantendo-a abraçada, gritou com uma voz terrível:

— Eu parto com ela, nada me poderá afastar dela.

Corremos todos para ele e Madame de la Tour lhe diz:

— Meu filho, se vós nos abandonais, que será de nós?[10]

E, dito isto, é tempo de enxugar os olhos e mudar de capítulo e de prática literária.

10 Saint-Pierre, Bernardin de. *Paulo e Virgínia.* Paris, Le Livre de Poche, s/d, p. 234-7.

Capítulo 12

(onde — abafando suspiros, enxugando lágrimas e desligando Chopin — desfilam performances pós-românticas [realistas & naturalistas] do que se chama de literatura)

en la lucha de clases
todas las armas son buenas
piedras
noches
poemas[1]

Nem só lágrimas, brados de revolta, poemas libertários, romances açucarados e salamaleques ao público leitor derramam-se da literatura do século XIX.

Por volta da metade dos novecentos, leitores e autores já eram outros, mais espertos e menos ingênuos. Sobretudo os leitores que, tendo aprendido sua lição de leitura, ficavam às vezes fartos do cardápio tantas vezes repetido. E levavam pipa-

1 Leminski, Paulo. *Caprichos & relaxos*. São Paulo, Brasiliense, 1983, p. 76.

rotes e palmadas dos narradores mais impacientes como o mal-humorado Brás Cubas de Machado de Assis (1839-1908):

Que me conste, ainda ninguém relatou o seu próprio delírio; faço-o eu, e a ciência mo agradecerá. Se o leitor não é dado à contemplação destes fenômenos mentais, pode saltar o capítulo; vá direto à narração.[2]

Não a vi partir; mas à hora marcada senti alguma cousa que não era dor nem prazer, uma cousa mista, alívio e saudade, tudo misturado, em iguais doses. Não se irrite o leitor com esta confissão. Eu bem sei que, para titilar-lhe os nervos da fantasia, devia padecer um grande desespero, derramar algumas lágrimas, e não almoçar. Seria romanesco; mas não seria biográfico. [...][3]

E agora sinto que, se alguma dama tem seguido estas páginas, fecha o livro e não lê as restantes. Para ela extinguiu-se o interesse da minha vida, que era o amor.[4]

Temperando os piparotes que pespega em seus leitores — e sobretudo em suas leitoras — o cardápio machadiano era uma festa de ironia e de análises implacáveis das personagens que atravessam suas histórias. Exemplar delas é a forma pela qual o narrador, sempre com um monóculo oblíquo e dissimulado, controlando a reação dos leitores, apresenta Falcão, a incorrigível personagem do conto *Anedota pecuniária*:

2 Machado de Assis. Memórias póstumas de Brás Cubas, in *Obra completa*. Rio de Janeiro, José Aguilar, 1962, p. 518, v. 1.
3 Ibidem, p. 611.
4 Ibidem, p. 623.

Se eu disser que este homem vendeu uma sobrinha, não me hão de crer; se descer a definir o preço, dez contos de réis, voltar-me-ão as costas com desprezo e indignação. Entretanto, basta ver este olhar felino, estes dois beiços, mestres de cálculo, que, ainda fechados, parecem estar contando alguma cousa, para adivinhar logo que a feição capital do nosso homem é a voracidade do lucro. Entendamo-nos: ele faz arte pela arte, não ama o dinheiro pelo que ele pode dar, mas pelo que é em si mesmo! Ninguém lhe vá falar dos regalos da vida. Não tem cama fofa, nem mesa fina, nem carruagem, nem comenda. Não se ganha dinheiro para esbanjá-lo, dizia ele. Vive de migalhas; tudo o que amontoa é para contemplação. Vai muitas vezes à burra, que está na alcova de dormir, com o único fim de fartar os olhos nos rolos de ouro e maços de títulos. Outras vezes, por um requinte de erotismo pecuniário, contempla-os só de memória.[5]

Com o dinheiro ocupando um primeiro plano tão ostensivo na vida diária, o sonho da *liberdade-igualdade-fraternidade* já tinha acabado e o mundo que se iniciava depois de dobrada a esquina do Romantismo era um mundo em que a cultura burguesa espalhava e assumia hábitos culturais mais condizentes com suas novas prerrogativas de hegemonia econômica e política. No avesso disso, o proletariado multiplicava-se nas fábricas e começava a gritar nas ruas.

Nesse panorama, as representações de mundo propostas pelos românticos perderam força e sentido. E, com elas, foram

5 Machado de Assis. "Anedota pecuniária", Histórias sem data, in *Obra completa*. Rio de Janeiro, José Aguilar, 1962, p. 429, v. 2.

também por água abaixo práticas e noções de literatura que o Romantismo subscrevia.

O barulho da industrialização crescente se fazia ouvir e fazia parecer envelhecido o poder da linguagem romântica; dos laboratórios vinham teses incômodas quanto à natureza humana, e a crença no que se via nos microscópios deixava fora de moda a imaginação e a fantasia.

A literatura começou a pensar-se, a produzir-se e a impor-se ao público como documento e retrato de uma sociedade.

Que ela, às vezes, considerava injusta.

O tempo enrola a cabeleira e a trança toda vermelha marca a virada realista que aponta no horizonte, entre pinças, psicologia, anatomia, socialismo, determinismo e algumas outras rimas pobres em *ismo* e em *ia*.

Em pauta agora conceitos e práticas de literatura que se anunciam representação fiel do real e que prometem abolir qualquer tipo de transfiguração deste real pelo sentimento ou pela imaginação.

A designação *realismo* abre espaço para muita confusão, leitores confusos! É uma *palavra-curinga* que vale para tudo! Em sentido largo, a literatura sempre foi, é e continua sendo realista. Por mais transformações ou transfigurações que imaginação e fantasia operem no real, esse real sempre esteve e continua a estar na literatura, para quem quer e sabe vê-lo. Aquele lance que já discutimos no capítulo sete de a linguagem ser mediação obrigatória entre nós e as coisas, lembra, leitora filósofa?

O que a chamada literatura realista propõe, então, como reação ao Romantismo é um novo conceito de realidade. Só é *real* o que é representado pela linguagem da ciência, o que foi testado em laboratório, ou apresentado como se tivesse sido...

Se fôssemos maliciosos, poderíamos desconfiar de todos. Tanto das lágrimas e suspiros que os autores românticos juravam ter derramado e suspirado enquanto escreviam suas novelas e seus versos, quanto dos testes e pesquisas que os autores realistas diziam que faziam, da familiaridade com biologia, fisiologia & outras *logias* às quais diziam pedir informações precisas e rigor absoluto. Era tudo convenção, e podia bem ser tudo lorota, leitor crédulo... O que Fernando Pessoa diz do poeta, que *o poeta é um fingidor*, não vale só para o poeta não, fingidor é ele e toda a galera de escritores...

De qualquer forma, o Realismo põe em circulação um figurino novo.

No afã de afirmar suas diferenças com o que vinha antes, os realistas — e a tribo mais radical deles, os naturalistas — prometiam fundir-se o mais possível à realidade, renegando o passado imediato, como, aliás, fizeram e continuam fazendo todas as vanguardas.

No caso das últimas décadas do século XIX, a rebeldia desfraldou várias bandeiras e seguiu vários caminhos: em alguns textos, as práticas e discussões de literatura se insurgem contra a linguagem à vontade e propõem o retorno à linguagem de fraque e cartola; em outras práticas e discussões, a marca do tempo traduz-se no abandono de ambientes idealizados, refinados e luxuosos e no mergulho no dia-a-dia dos pobres e dos miseráveis; para outras práticas e discussões, a ruptura com o passado se dá no enfoque quase obsessivo de personagens criadas com rigor, numa poética que tinha na ciência seu modelo máximo.

Às *personagens emoção-e-sentimento* do Romantismo seguem-se *personagens-instintos, personagens-classes-sociais*. Essa ânsia científica — lembre-se, leitor desinformado, de que nessa época a sociologia caprichava no modelito científico que vestia —, essa, por assim dizer, tomada de posse do corpo e do bolso era pesadíssima.

Papo-cabeça e alma em baixo-astral.

Um episódio curioso que envolve o escritor Coelho Neto (1864-1934) pode ilustrar esse modo de encarar a literatura na segunda metade do século XIX. Por que Coelho Neto, leitora de vanguarda? Porque ele foi um escritor que virou o século, e que tagarelou por muitas e muitas obras escritas ao longo de muitos e muitos anos. Nessa tagarelice toda, Coelho Neto é dos escritores brasileiros que primeiro se profissionalizaram, vivendo a versão tropical da *belle époque* parisiense, onde tinham os olhos os que no Rio de Janeiro viviam a vida literária.

Como é, leitor recalcitrante? Antes de Coelho Neto você quer amostra de tudo? Vá lá, que seja: tome aí um pouco de Aluísio Azevedo (1857-1913). Seu romance *O homem* (1887) é mostruário legítimo da prosa naturalista, que levava o Realismo às últimas conseqüências:

O rapaz passou um dos braços na cintura de Magda e com o outro a suspendeu de mansinho, pelas curvas dos joelhos, chamando-a toda contra o seu largo peito nu. Ela soltou um longo suspiro e, na inconsciência da síncope, deixou pender molemente a cabeça sobre o ombro do cavouqueiro. E, seguidos de perto pelo velho, lá se foram os dois, abraçados, descendo, pé ante pé, a íngreme irregularidade do caminho.

Era preciso toda atenção e muito cuidado para não rolarem juntos; o moço fazia prodígios de agilidade e de força para se equilibrar com Magda nos braços. De vez em quando, nos solavancos mais fortes, o pálido e frio rosto da filha do Conselheiro roçava na cara afogueada do trabalhador e tingia-se logo em cor-de-rosa, como se lhe houvera roubado das faces uma gota daquele sangue vermelho e quente. Ela afinal teve um dobrado respirar de quem acorda, e entreabriu com volúpia os olhos. Não perguntou onde estava, nem indagou quem a conduzia; apenas esticou ner-

vosamente os músculos num espreguiçamento de gozo e estreitou-se em seguida ao peito do rapaz, unindo-se bem contra ele, cingindo-lhe os braços em volta do pescoço com a avidez de quem se apega nos travesseiros aquecidos para continuar um sono gostoso e reparador. E caiu depois num fundo entorpecimento, bambeando as pálpebras; os olhos em branco, as narinas e os seios ofegantes; os lábios secos e despregados, mostrando a brancura dos dentes. Achava-se muito bem no tépido aconchego daquele corpo de homem; toda ela se penetrava do calor vivificante que vinha dele; toda ela aspirava, até pelos poros, a vida forte daquela vigorosa e boa carnadura, criada ao ar livre e quotidianamente enriquecida pelo trabalho braçal e pelo pródigo sol americano. Aquele calor de carne sã era uma esmola atirada à fome de seu miserável sangue.

E Magda, sentindo no rosto o resfolegar ardente e acelerado do cavouqueiro, e nas carnes macias da garganta o roçagar das barbas dele, ásperas e maltratadas, gemia e suspirava baixinho como se estivessem a acarinhá-la depois de longa e assanhada pugna de amor.[6]

Satisfeito, leitor pidão? Mostrada então a amostra e comprado o pano, vamos à história de Coelho Neto.

Deu-se que Coelho Neto, ao acabar seu romance *Inverno em flor*, teve medo de não ter sido suficientemente rigoroso e científico. Não querendo que seu trabalho fosse considerado imaginoso e fantasista, foi buscar apoio, se não na ciência, ao menos em alguns de seus representantes mais à mão, cientistas cariocas. Ele antecedeu, então, o lançamento do livro de uma espécie de *consulta* a especialistas e incorporou depois ao livro a consulta que disse que tinha feito:

---

6 Azevedo, Aluísio. *O homem*. São Paulo, Martins, s/d, p. 95-6.

Exmo. Sr. Dr.

Capital Federal, 15 de dezembro de 1897

Antes do julgamento propriamente literário do meu romance Inverno em flor, *do qual tomo a liberdade de enviar um exemplar a V. Excia., desejava ouvir a opinião dos especialistas sobre o método seguido na apresentação gradativa do caso de um delírio crônico de evolução sistemática, com estigmas hereditários.*

Todo o romance gira em torno duma psicose, conseqüentemente é sobre o tipo essencial de Jorge Soares que espero a palavra erudita de V. Excia., pedindo mais a fineza de remeter-me para a minha residência, permitindo-me fazer dela o uso que me convier.

Com a mais alta consideração

Subscrevo-me, de V. Excia. admirador.

Coelho Neto[7]

Golpe de mestre: choveram respostas. Mesmo que não tenha garantido rigor ao romance, o procedimento deve ter funcionado como propaganda eficiente do livro que — como as reportagens sensacionalistas de hoje — promete contar tintim por tintim *como é que foi messsssssssmo que aconteceu!*

Seria covardia e ofensa grave a meus brilhantes leitores recorrer às entrelinhas, quando as linhas são tão eloqüentes. E como, ao que me conste, não deve ninguém melindrar seus leitores, confio a cada um a tarefa de juntar dois mais dois e ver que são mesmo quatro, apesar da sedução do cinco...

Grande jogada a de Coelho Neto, não?

7 Apud Dimas, Antonio (org.). *Aluísio Azevedo*. São Paulo, Abril Educação, 1980, p. 100. (Col. Literatura Comentada)

Capítulo 13

(onde se registram flagrantes delitos nas credenciais do Parnasianismo e do Simbolismo, por algum tempo estrelas do que se chama de literatura)

> [...]
> O sapo-tanoeiro,
> Parnasiano aguado,
> Diz: – Meu cancioneiro
> É bem martelado.[1]

Pausa.

Outras noções de literatura, outras práticas literárias, outro capítulo.

O anti-romantismo não se manifestou somente na prosa: contagiou também a poesia. O soneto, que, por constituir uma estrutura poética fixa de quatorze versos, tinha sido quase abandonado durante o Romantismo, recuperou popularidade entre os pós e anti-românticos.

1 Bandeira, Manuel. "Os sapos", in *Estrela da vida inteira*. Rio de Janeiro, José Olympio, 1966, p. 51.

Parnasiemos um pouco, então, leitor ranheta, nos quatorze versos de um soneto publicado em *Tarde*, livro póstumo de Olavo Bilac (1865-1918), editado já no século XX, mas com marcas bem claras do que tinha sido a poesia um pouco antes disso:

A UM POETA

Longe do estéril turbilhão da rua,
Beneditino, escreve! No aconchego
Do claustro, na paciência e no sossego,
Trabalha, e teima, e lima, e sofre, e sua!

Mas que na forma se disfarce o emprego
Do esforço; e a trama viva se construa
De tal modo, que a imagem fique nua,
Rica mas sóbria, como um templo grego.

Não se mostre na fábrica o suplício
Do mestre. E, natural, o efeito agrade,
Sem lembrar os andaimes do edifício:

Porque a Beleza, gêmea da Verdade,
Arte pura, inimiga do artifício,
É a força e a graça na simplicidade.[2]

Investindo-se da função de mestre conselheiro, o príncipe dos poetas legisla: no modo imperativo, elenca as tarefas do poeta de seu tempo, que "trabalha, e teima, e lima, e sofre, e sua". Bruta canseira que desanima só de ler, não é mesmo, lei-

2 Bilac, Olavo. *Poesias*. Organização e prefácio de Ivã Teixeira. São Paulo, Martins Fontes, 1997, p. 336.

tora folgada? A receita de poesia prossegue nas outras estrofes, delineando os atributos do poema, aproximando-o do modelo marmóreo e impávido do templo grego.

Essa consciência artesanal poderia ser interpretada como incorporação ao fazer poético do rigor e da precisão. Mas nunca como *apenas* isso! Na trapaça do terceto final, as maiúsculas em "Beleza" e em "Verdade", ao lado do rótulo de "natural", superposto ao que é cultural e histórico, são um escândalo! Maior bandeira, não é mesmo, atilado leitor? Afinal, para que tanta preocupação em fazer parecer *natural* o que deu tanto trabalho para fazer?

Mas o tom professoral é comum em textos que crêem que a linguagem literária é veículo convincente da Verdade e da Beleza, com maiúsculas, como queria Bilac, que aqui dá as mãos aos nossos companheiros resmungões e resmunguinhos. Mas foi nessa época que o texto começou a fazer da percepção sensorial ponte entre o leitor e o escritor. Essa imersão no sensorialismo e na materialidade cria outros envolvimentos e favorece outros modos de leitura.

Já se trata de um novo começo, do início de uma linguagem que começa a encorpar-se mesmo sem o saber, como ocorre no "Vila Rica", do mesmo Olavo Bilac:

VILA RICA

O ouro fulvo do ocaso as velhas casas cobre;
Sangram, em laivos de ouro, as minas, que a ambição
Na torturada entranha abriu da terra nobre:
E cada cicatriz brilha como um brasão.

O ângelus plange ao longe em doloroso dobre.
O último ouro do sol morre na cerração.
E, austero, amortalhando a urbe gloriosa e pobre,
O crepúsculo cai como uma extrema-unção.

Agora, para além do cerro, o céu parece
Feito de um ouro ancião que o tempo enegreceu...
A neblina, roçando o chão, cicia, em prece,

Como uma procissão espectral que se move...
Dobra o sino... Soluça um verso de Dirceu...
Sobre a triste Ouro Preto o ouro dos astros chove.[3]

Tome fôlego, leitor desabituado de ritmos parnasianos! Leituras múltiplas, deixando-se impregnar pela atmosfera antiga, sensorial e histórica que o poeta constrói ao longo dos quatorze versos. Papai Aurélio necessário para o *fluxo* do primeiro verso? Dicionário enciclopédico requerido para o *Dirceu* do verso 13? Mais do que saber que Dirceu é o já conhecido Tomás Antonio Gonzaga que arrastou seus amores por Marília na Vila Rica da Inconfidência, a sugestão da guia é manter olhos e ouvidos abertos. Aliás, escancarados. Além de dizer coisas, o poema se tece de percepções guiadas pelos sentidos tanto do autor quanto do leitor, dispersas em impressões sensoriais.

Mas que não dispensam trabalho, teima, lima, sofrimento e suor. Do poeta e dos leitores. *Chuva, suor e cerveja*, leitores carnavalizados!

Esta Vila Rica de Olavo Bilac tem muito de artesanal. Este *ângelus [que] plange ao longe em doloroso dobre* é cheio de nasalidades que sonorizam e, sonorizando, atenuam os brilhos dos dourados nobres enfatizados em cada um dos quatro primeiros versos. E, desbotados os ouros no último ouro do sol, resta apenas a paisagem, não mais geográfica, mas suspensa na memória e no sonho, que transfere para além e para os astros a visão transfigurada de uma cidade imersa em cores, sons e sensações.

3 Bilac, Olavo. *Poesias*. Organização e prefácio de Ivã Teixeira. São Paulo, Martins Fontes, 1997, p. 337.

Quem é que está aí dizendo "E além de Bilac"? Ora, leitor, Bilac já está de bom tamanho! Mas leitor tem sempre razão, o livro já está no fim e não vale a pena comprar briga. Um pouco de Francisca Júlia (1874-1920), também ligada ao Parnasianismo, e outro pouco de Cruz e Sousa (1861-1898), poeta simbolista, e estamos conversados, que o cansaço da viagem já marca alguns rostos, certo?

ÂNGELUS

Desmaia a tarde. Além, pouco e pouco, no poente,
O sol, rei fatigado, em seu leito adormece:
Uma ave canta, ao longe; o ar pesado estremece
Do ângelus ao soluço agoniado e plangente.

Salmos cheios de dor, impregnados de prece,
Sobem da terra ao céu numa ascensão ardente.
E enquanto o vento chora e o crepúsculo desce,
A Ave-Maria vai cantando, tristemente.

Nest' hora, muita vez, em que fala a saudade
Pela boca da noite e pelo som que passa,
Lausperene de amor cuja mágoa me invade.

Quisera ser o som, ser a noite, ébria e douda
De trevas, o silêncio, esta nuvem que esvoaça,
Ou fundir-me na luz e desfazer-me toda.[4]

---

4 Apud Bandeira, Manuel (org.). *Antologia dos poetas brasileiros da fase parnasiana*. Rio de Janeiro, Imprensa Nacional, 1937-8, p. 256.

O ASSINALADO

Tu és o louco da imortal loucura,
O louco da loucura mais suprema.
A Terra é sempre a tua negra algema,
Prende-te nela a extrema Desventura.

Mas essa mesma algema de amargura,
Mas essa mesma Desventura extrema
Faz que tu'alma suplicando gema
E rebente em estrelas de ternura.

Tu és o Poeta, o grande Assinalado
Que povoas o mundo despovoado,
De belezas eternas, pouco a pouco...

Na Natureza prodigiosa e rica
Toda a audácia dos nervos justifica
Os teus espasmos imortais de louco.[5]

E agora, então, é fechar malas, embrulhar lembranças e preparar o coração para o regresso. Hora também de consultar a agenda e fazer balanço da viagem até agora.

Quase todas as concepções de literatura que se sucederam ao longo do século XIX parecem ter compartilhado, em doses maiores ou menores, a crença (ou o fazer de conta que acreditavam) na transparência da linguagem. Embeber-se e fazer embeber em sentimentos, transmitir emoções, amarrar-se em ver-

5 Cruz e Sousa. Últimos sonetos, in *Obra completa*. Rio de Janeiro, Nova Aguilar, 1995, p. 201.

dades científicas do tempo, fazer o sentido emergir de contornos claros e realçados por torrentes de luz que destacam massas e volumes... são alternativas próximas.

Para efeitos literários, o século XIX se encerra um pouco antes da virada para mil e novecentos ou então estende-se até a guerra de 1914-1918. Nele, a crença no poder criador da linguagem como forma de imaginar o mundo, ou como forma de recriar com transparência uma realidade que se queria definitiva, teve sua hora e sua vez. Nele se teceu uma literatura que se queria mimética do que se gostaria que fosse o real, do que se achava que era a realidade.

O fim do século XIX foi também o fim da crença na transparência da linguagem. Fim sobretudo da crença na transparência da linguagem literária. Ruiu a concepção de uma significação única e linear. Radicalizando a aposta na possibilidade de uma reprodução não distorcida do real, a literatura do Realismo abriu caminho para o oposto disso: a idéia de que, mais do que um significado determinado, o que é próprio da literatura é encenar a significação.

Já, assim, no final do século XIX, a literatura, seus produtores e seus pesquisadores mergulham na grande aventura da significação provisória e que tem nesse provisório a arma de sua permanência. O que não agrada sempre a todos. O grande público — entre o qual muitas vezes me encontro e espero que também te encontres, leitor coletivizado! — parece continuar a apreciar e a consumir suspense e verossimilhança, dando de ombros aos resmungões de óculos de grau que vêem a literatura como instauração de uma realidade apreensível apenas na medida em que permite o encontro de escritor e leitor. E de preferência que entre ambos se desmanchem e se refaçam pactos e acordos quanto a valores e representações.

A partir daí, grande público de um lado, pequeno público de outro, é a vertigem e o abismo. Epa, leitor cambaleante! Não caia! Apóie-se ali na leitora, e continue a caminhada! Estamos quase chegando!

Capítulo 14

(onde, entre um pré-modernismo e um pós-moderno, ismos difusos e confusos minam o que se chama de literatura)

dactylographia
é litteratura: cria
como a poesia.[1]

Então tem o século XX.

Isto é: *teve* o século XX, leitor da hora!

Nele, trânsito livre para o experimentalismo, para a permanência teimosa de antigas fórmulas ao lado das novas, para os processos de produção que vêem no artesanato forma de resistência ao anonimato da produção em série, que é a regra.

Sobrepaira à alegre e produtiva Babel o irreversível ingresso da literatura no reino da mercadoria. Objeto de consumo. Com valor de troca, mas também, é claro, com valor de uso. Não desapareceram, no entanto, práticas e noções mais antigas. Os clubes de trova, os festivais e haikai, os cantadores de feira mostram que nenhuma vanguarda conseguiu unanimidade.

1 Mattoso, Glauco. *Língua na papa*. São Paulo, Pindaíba, 1982, p. 47.

Bem afastado daquela imagem de escritor maldito, malpago e incompreendido, são hoje muitos os escritores profissionais. O escriba tomou banho, cortou o cabelo, sindicalizou-se e sua profissão é até definida pelo Ministério do Trabalho:

> 1-51-20
>
> ESCRITOR
>
> (...) ESCREVE CONTOS, ROMANCES E OUTRAS OBRAS LITERÁRIAS, CRIANDO TEMAS E COLIGINDO DADOS RELATIVOS A SEU CONTEÚDO, PARA PUBLICÁ-LOS OU POSSIBILITAR SUA ADAPTAÇÃO AO TEATRO, CINEMA OU TELEVISÃO.
>
> DETERMINA O ASSUNTO DE SUA OBRA LITERÁRIA, COLHENDO DADOS, CRIANDO MODELOS, REDIGINDO E COMENTANDO ASSUNTOS DE VÁRIAS NATUREZAS, A FIM DE OBTER A BASE PARA A EXECUÇÃO DO TRABALHO; DESENVOLVE PESQUISAS, COMPILANDO DADOS DA DOCUMENTAÇÃO DE BASE E INSERINDO OUTROS NECESSÁRIOS, PARA ORGANIZAR OS FATOS RELATIVOS À OBRA A SER ESCRITA; PREPARA ROTEIRO DE TRABALHO ORDENANDO O MATERIAL PESQUISADO, PARA FACILITAR O DESENVOLVIMENTO DA OBRA; REDIGE A MINUTA DO TRABALHO LITERÁRIO, TRANSCREVENDO AS IDÉIAS SELECIONADAS COM BASE NO ROTEIRO ESTABELECIDO, PARA MANTER O ESBOÇO DA OBRA; REVISA A MINUTA DO TRABALHO, CORRIGINDO DEFICIÊNCIAS E MELHORANDO CERTAS EXPRESSÕES PARA DAR-LHE FORMA DEFINITIVA E ENCAMINHÁ-LA À PUBLICAÇÃO.[2]

Mas, que ninguém se iluda com esta quase *chapa branca* que o governo cola ao escritor ao tomar a si o direito de legislar sobre os que-fazeres de escribas e assemelhados. Há escritores e escritores. Alguns são despidos de crenças, profundamente desconfiados da linguagem que herdaram e reconstroem a cada dia. No

2 Ministério do Trabalho. Secretaria de Políticas de Emprego e Salário. Classificação brasileira de ocupações. CBO – 94, p. 153.

seu momento da verdade, este escritor contemporâneo também está só e nu, quase sem direito ao sonho que, aliás, acabou. A posteridade tornou-se o amanha de manhã, e o pedir um café pra nós dois o único projeto sensato. Mas, desde quando a literatura deu ouvidos aos sensatos?

Sensata ela, navegante cativa da nau dos insensatos?!

No se le puede creer, leitores sensatos!

Mas o momento pede também planejamento, eficiência, rapidez. *Stop. A vida parou.* E a literatura desse tempo nosso — em suas práticas e em discussões sobre ela — renuncia às vezes ao significado verbal ou, ao menos, minimiza o verbal linear. Na equivalência do visual ao verbal, no uso das cores e de todo o requinte da indústria gráfica, a literatura objetaliza-se às vezes, talvez como única forma possível de consciência crítica da mercantilização para a qual a empurra — irremediavelmente — seu modo de produção.

É nessa geléia geral que *o poeta desfolha a bandeira* e a poesia ressurge e explode ao compasso dos discos e das fitas, no embalo do corpo e da voz que, na canção, recupera a força mágica da linguagem literária, de palavra que instaura seu sentido.

O século XX foi floresta emaranhada de estilos que, como Drummond disse da poesia, nos pergunta: *trouxeste a chave?* O caso, leitor, é que se todas as chaves têm uma porta, a recíproca não é verdadeira, isto é, nem toda porta tem uma chave. Ou talvez tivesse, mas nós a perdemos. De qualquer forma, são portas demais e chaves de menos.

O século XX continua cheio de prés, de pós e de *ismos*... Como sabe quem freqüenta cursos e livros sobre literatura, o século XX começa com o pré-modernismo e termina, só Deus sabe como, com o pós-moderno que também inicia o século XXI. Entre eles — já antecipa a leitora esperta — o Modernismo e o Moderno.

Invadem o Brasil do século XX *ismos* da Europa, onde parece que tudo continua acontecendo primeiro. Mas também desenvolvem-se *ismos* locais que falam português. Surrealismo, futurismo, impressionismo, expressionismo, dadaísmo, cubismo, rap... tudo tem sotaque. Movimento Pau-Brasil, da Anta, Antropofagia, Verde-Amarelo, Regionalismo, tudo é prata da casa. Concretismo, neoconcretismo, pós-moderno, outros *neos* e outros *pós* são poliglotas, e falam todas as línguas quase sem sotaque.

Para cada *ismo,* uma multidão de autores. Para cada autor, uma multidão de obras. Obras de prosa, de poesia e de teatro, além de outros tipos de texto que ganharam (ou recuperaram, em certos casos) cidadania literária: diários, testemunhos, relatos, correspondência...

Já se vê, então, que, no decorrer do século XX, a literatura reformata sua identidade, no berro e no braço, como vimos lá no começo. O que dá samba num país como o Brasil, que vive sendo re-descoberto, não é mesmo, leitor descobridor? Na literatura brasileira do século XX descobre-se um Brasil cronicamente inviável, sem céu de anil, sem rima com mãe gentil. É a *pátria minha tão pobrinha* de Vinicius de Moraes, é o país do *boi da cara preta que mata este garoto com um tiro de escopeta* que Gabriel, o pensador, registra.

Na literatura do século XX, o Brasil é plural, recortado em histórias que falam diferentes línguas. Que falam por diferentes vozes, repartidas por diferentes códigos e linguagens, unificados todos na linguagem literatura.

Falam a língua do Nordeste, seca, densa e faminta das *Vidas secas* (1938) de Graciliano Ramos (1892-1953), ou adocicada por reminiscências como em José Lins do Rego (1901-1957). Percorrem *sertões e veredas* místicos e violentos com Guimarães Rosa (1908-1967).

Recortam mulheres fortes como as de Jorge Amado e Raquel de Queirós ou as igualmente fortes e enigmáticas de Clarice Lispector. Reproduzem o som nervoso do mundo marginal, malvestido e mal-educado das histórias de João Antônio (1937-1996), de Paulo Lins, de Patrícia Melo, de Ferréz. Escrevem histórias da história com Érico Veríssimo (1905-1975) e com Ana Miranda, adquirem o sotaque imigrante com Alcântara Machado (1901-1935), Moacyr Scliar e Milton Hatoum. Assumem o ritmo sincopado e agoniado do rap paulista e os distintos sotaques de pampas, pantanais, alterosas, subúrbios e beira-mar carioca que, à noite, invadem as casas em novelas e minisséries que escorrem por televisões e videocassetes.

Falar de literatura no século XX é também falar de indústria cultural, de capital e de tecnologia: a indústria literária derrama nas livrarias toneladas de romances.

Como nas redes de *fast-food*, que oferecem variações dos sempre mesmos hambúrgueres e refrigerantes, o cardápio literário do século XX é internacional. A globalização não é mera fantasia, e mais do que nunca a literatura brasileira está no mapa do mundo. Nunca fomos tão traduzidos, para muito além das novelas de tevê que invadem Portugal, Espanha, Cuba, Itália... Mas também nunca traduzimos tanto. É o mapa do mundo que cruza com o do Brasil ou é o mapa do Brasil que se fundiu no globo terrestre, leitora *on-the-road*?

Epa!

Um estilo mais afoito cutuca meu ombro: *ói nóis aqui, pssora...* Não vai nos explicar, não? Esse *ismo* tão desembaraçado veio no bolso de um penetra da viagem, que gosta que se defina literatura de outro jeito. Apoiando a reivindicação dele tem um professor seriíssimo com óculos de fundo de garrafa e pigarro na garganta. Melhor fazer o que eles pedem... Esse *ismo* em particular pede que eu informe os leitores distraídos do modo como alguns tipos de literatura do século XX gerenciam o espaço em branco do papel.

Da metade do século XX em diante, uma certa literatura levou a fundo os efeitos visuais, escrevendo, por exemplo, de forma espiralada textos que falam de espirais, em forma oval textos que falam de ovo...

Nessa linha, a literatura dá seu recado pela linguagem do olho, é rápida e econômica, vai da holografia ao cartão-postal, incorpora tanto sinais do código de trânsito quanto logomarcas. Alguém está perguntando ali atrás se isso só ocorreu da metade do século XX em diante? Bingo, leitor erudito! A poesia visual tem tradição antiga no Ocidente, e assim sendo não é propriamente novidade. Mas é que ela nunca foi cultivada com tanta intensidade nem bancada por cacifes tão altos... Essa é a diferença.

Mas Fagundes Varela já dava seu recado dando forma de cruz a um poema que tematiza a própria:

Estrelas
Singelas
Luzeiros
Fagueiros,
Esplêndidos orbes, que o mundo aclarais!
Desertos e mares, — florestas vivazes!
Montanhas audazes que o céu topetais!
Abismos
Profundos!
Cavernas
Externas!
Extensos,
Imensos
Espaços
Azuis!
Altares e tronos,
Humildes e sábios, soberbos e grandes!
Dobrai-vos ao vulto sublime da cruz!
Só ela nos mostra da glória o caminho,
Só ela nos fala das leis de — Jesus![3]

3 Fagundes Varela. *Poesias completas de L.N. Fagundes Varela.* Organização e apuração de texto de Miécio Tati e E. Carrera Guerra. São Paulo, Nacional, 1957, p. 333.

Seculozinho danado esse século XX, leitora informada!

A literatura nunca teve platéia tão grande, mesmo no Brasil. Mas também nunca teve platéia tão dividida: camarotes e arquibancadas parecem quase sempre assistir a diferentes espetáculos, ou talvez se trate de um mesmo e único espetáculo, que, no entanto, por ocupar simultaneamente diferentes palcos, nunca é visto na sua totalidade... São, afinal, do tamanho de estádios os espaços por onde rola a cultura no século XX, inclusive a cultura literária. Não está entendendo nada, leitor obtuso? Faça o favor de esforçar-se por entender, que não sei explicar melhor do que isso, ora bolas, leitora folgada!

Tornando o espetáculo ainda mais movimentado, no século XX manifestam-se nas arenas literárias os times e as tribos que, nas arenas sociais, lutam por uma vaga na primeira divisão. Os excluídos da tradição mais conservadora dos estudos literários têm agora *seus* livros e *seus* cursos. E quase que sua academia. Nem sempre, no entanto, com o mesmo prestígio, quase nunca com o mesmo capital. Mas arrombaram a festa e deram a volta por cima, numa nova redistribuição das cartas do velho baralho.

Literatura para crianças e jovens? Tem, sim senhor, e é Literatura com ele maiúsculo! Vá conferir com Ana Maria Machado, Ângela Lago, Ruth Rocha, João Carlos Marinho, Pedro Bandeira, Ricardo Azevedo... tantos outros!

Literatura de mulheres? Tem, sim senhor, e é Literatura com ele maiúsculo! Vá conferir com Adélia Prado, Lya Luft, Lygia Fagundes Telles, Marina Colasanti, Nélida Piñon, Sônia Coutinho, Vilma Areas, Zulmira Tavares... mundão de saias!

Literatura de negros? Tem, sim senhor, e é Literatura com ele maiúsculo! Vá conferir com Carolina Maria de Jesus, Esmeralda Ribeiro, João Cuti, Joel Rufino dos Santos, Sonia Fátima, Oliveira Silveira... beleza de literatura!

Também podemos conferir a literatura de homossexuais, de índios, de imigrantes. Policial, ficção científica, esoterismo, autoajuda, reportagem, crônica. Tem de tudo, sim senhor! E tudo é Literatura!

De tudo um pouco, com menos ou com mais estrelas, mas com direito assegurado a território no mapa e espaço no livro. E é esse reconhecimento que faz a diferença. Faz tempo que se escreve para crianças. Faz tempo que mulheres, homossexuais, índios, negros e imigrantes escrevem livros. Mas a *identidade* dessa produção era invisibilizada. Essa identidade diluía-se na idéia tradicional de que a *boa literatura* não tem idade, não tem cor de pele, não tem sexo. Mas quem é que acredita nisso? Nem eu, nem você, espero, leitora *naïve*!

A bisavó da minha bisavó talvez tenha lido para seus filhos e filhas — isto é, meus tatara tatara primos e primas — *As aventuras de Telêmaco*, livro *infantil* que Fénélon (1651-1715) publicou em 1695. A avó da minha bisavó talvez tenha ganho do marido o romance *As aventuras de Diófanes,* escrito por Tereza Margarida Silva e Orta (1711-1793). Já a avó da sua avó, leitor menor-de-idade, podia ter ouvido atrás da porta os amigos do marido comentando o escândalo do romance de Adolfo Caminha (1867-1897) *O bom crioulo* (1895), que conta a história de um marinheiro homossexual.

Quem é que está sorrindo de alegria aí, leitor da terceira idade? Avós e bisavós entraram em cena para ilustrar a idéia de que mulheres, crianças, negros e homossexuais leram e foram lidos, escreviam e eram escritos. A novidade então é a dimensão que assume da segunda metade do século XX em diante essa produção até então invisibilizada e marginalizada.

Dos anos sessenta em diante, essa produção escrita, até então tida como *marginal* ou *menor*, ganha destaque e começa a subverter a própria noção de literatura. Alguém aí falou em segmentação de mercado? Parabéns, leitor per$picaz! Os milhõe$ e bilhõe$ investido$ na indú$tria que produz literatura são como Cisco Kid: não esquecem nem perdoam. Desse ponto de vista, o mercado acabou favorecendo a democratização do conceito de literatura.

Às poucas livrarias que existem no Brasil e às ainda menos numerosas bibliotecas, responderam os livros nas bancas de jornal, os vendedores de livros de porta em porta, as salas de leitura das escolas, enfim, os tantos projetos de incentivo à leitura que, com seus caminhões, estantes e caixas volantes de livros movimentam o setor livreiro, mobilizam leitores e criam problemas para os estudos literários, que preferem não vê-los para não ter de falar deles.

Nos novos espaços, acotovelam-se novos produtos, com tanto direito ao *selo* de literatura quanto os escassos e belos livros que eram antigamente encadernados em couro, e tinham folhas de corte dourado. Assim como gatinho que nasce no forno *não* é biscoito, o aspecto físico daquilo onde está escrito o que lemos *não* determina *o que é* e *o que não é* literatura.

Eu disse *não*! Que *não* determina!

Mas... será mesmo que não determina? Será que livros de capa dura e edições de bolso, obras produzidas com requinte em gráficas sofisticadas e textos feitos artesanalmente no micro de cada um fazem igualmente parte do que se considera literatura?

Cada um responda como acha, como quer e como pode...

Discutir se livro de banca tem o mesmo estatuto de livro de biblioteca é questão gêmea à que pergunta se a *Pour Elise* de Beethoven, ouvida no caminhão que entrega o gás na cidade de São Paulo, é a mesma obra clássica que se ia ouvir no teatro, com vestido chique, chapéu e luvas de seda.

É a mesma música?

Cada um responda como acha, como pode e como quer.

E o quadro da Mona Lisa? No museu do Louvre em Paris há sempre uma multidão se acotovelando na frente dele, para não falar de um vidro à prova de bala... Essa *Gioconda* do museu francês é a mesma que, recortada de uma revista e colada num pedaço de isopor, enfeita a sala de jantar de minha vizinha?

Que cada um responda como acha, como pode e como quer!

O que *eu* acho? Eu acho que...

Acho nada, leitor confiado! Guia é só para guiar e não para achar!

Mas o século XX agora é passado, e o século XXI que chega, chega faceiro e cheio de promessas. Promessas tão promissoras que vão para o próximo capítulo, decididamente o último!

Capítulo 15

(onde, com todas as cartas em jogo, o Clube dos Leitores Anônimos aposta alto no que é a literatura hoje e arrisca fichas no que ela poderá vir a ser amanhã ou depois)

Metassoneto ou o computador irritado

abba
baab
cdc
dcc

aabb
bbaa
ccd
dcd

cdc
dcc
abab
baba

ccd
dcd
abba
baab

blablablablablablablablablablablablablablabla[1]

1 Paes, José Paulo. "Meia palavra", in *Um por todos* (poesia reunida). São Paulo, Brasiliense, 1986, p. 80.

Como se disse no último capítulo, leitor esquecido, o século XXI começa cumprindo algumas promessas feitas ainda no século XX. Por exemplo, a incrível sucessão e simultaneidade de técnicas de comunicação e de reprodução prometeram que encontraríamos textos e literatura nos mais inesperados suportes: fitas, discos, CDs e CD-ROMs, vídeos, DVDs... Tudo isso trouxe — e desconfio que vai trazer cada vez mais — para dentro de nossa casa textos que, até ontem, aguardavam castamente, em volumes, que procurássemos sua companhia.

Mas quem é que falou em casa? Os espaços da literatura são também o ar livre dos espaços públicos.

Walkman e *diskman* trazem para nossa companhia na rua, no metrô ou na praia, histórias e poemas que até há pouco tempo só ouvíamos e líamos no chamado recesso do lar.

E, falando em rua, leitores cosmopolitas...

A cidade moderna funciona como um gigantesco livro, coletivamente escrito e coletivamente lido. Nela, as mais variadas linguagens e códigos se cruzam e se fecundam mutuamente. A língua escrita invade a placa com o nome das ruas, os anúncios de lojas, os luminosos, os letreiros dos ônibus. Outras linguagens enovelam-se nesta: os códigos e cores de sinais de trânsito, os logotipos. Nessa babel de linguagens, o transeunte da cidade passeia entre signos e símbolos que o advertem: *ou me decifras ou te devoro!* E lá cai devorado e atropelado o pedestre que não leu o sinal vermelho, e lá vai devorada para a Vila Gilda a mocinha bonita que queria ir para Vila Cilza, mas não conseguiu ler a tempo o letreiro do ônibus.

Pobres desleitores urbanóides!

Por tudo isso, a língua do trânsito e a da publicidade já escreveram poemas, da lavra de poetas agudos como Décio Pignatari e José Paulo Paes:

beba coca cola
babe cola
beba coca
babe cola caco
caco
cola
cloaca

Décio Pignatari, 1957.[2]

José Paulo Paes[3]

É também na cidade que as superfícies lisas das paredes, os tapumes das construções, os pilares de viadutos e às vezes as pedras da calçada adquirem a docilidade do papel para receber mensagens de poetas anônimos nas grafitagens que roubam o olhar apressado do transeunte idem, e às vezes surpreendem pela beleza da anotação furtiva que taquigrafa o cotidiano.

Todas essas promessas — já presentes na paisagem do século XX — tendem a intensificar-se ao longo do século XXI, lado a lado com a imensa herança da literatura em livros que tanto marcou — desde a imprensa de Guttenberg (inventada por volta de 1450) — práticas e conceitos de literatura.

Não poucas vezes, no entanto, os resmungões, que ao longo destas páginas ficaram buzinando em nossos ouvidos, identificam *literatura* exclusivamente com *livros* e ficam rezingando que o que se lê no computador, no mural do poste, no *outdoor* ou no anúncio do ônibus não é literatura! *Deixe que digam, que pensem, que falem*, leitora impaciente... Livros — objetos tridimensionais, com capa e com páginas, coladas ou costuradas — como bem dizia nosso velho confrade Fernando Pessoa — nada mais são do que *papéis pintados com tinta.*

Simultaneamente aos novos suportes e às novas mídias, objetos transcendentais ou apenas tridimensionais, os livros — tal como os celebram com exclusividade cursos e falas mais conservadoras sobre literatura — vivem momentos de glória, numa

2 Simon, I. & Dantas,Vinícius (org.). *Poesia concreta.* São Paulo, Abril Educação, 1982, p. 16.
3 Paes, José Paulo. *Um por todos* (poesia reunida). São Paulo, Brasiliense, 1986, p. 63.

multiplicação quase infinita de clonagens! Como nunca antes, o livro hoje se desdobra em tamanhos, em texturas e estruturas.

Pudera!

Com os recursos técnicos da indústria gráfica e com os recursos financeiros de que dispõe a indústria do livro, a literatura se derrama por uma incrível diversidade de formas, livros de capa dura e livros de capa mole, que cabem no bolso ou que precisam de suporte para serem lidos. Objeto que se puxa, que se dobra, que se corta, que se cola, que se arranha, que se vira, que se empurra, que se gira, que se equilibra, que se desmancha, que se remonta, que se lê de ponta-cabeça e de baixo para cima... tem tudo a ver, sim, com a aranha já mencionada lá atrás no segundo capítulo. Como a aranha, os livros tecem sua teia, rede que enrola e que enreda. Como eu dizia...

O que é mesmo que eu dizia, *leitores sócios meus e meus tiranos*?

Ah, sim... os livros.

Assim como com a invenção da imprensa e com o aprimoramento da indústria do papel a literatura migrou dos manuscritos em pergaminhos para os livros, com a espantosa multiplicação contemporânea de técnicas de reprodução, a literatura vai pegando caronas e se derramando para fora dos livros, manifestando-se em textos reproduzidos pelas mais diferentes tecnologias: mimeógrafo e xerox operaram misérias na indústria livreira e maravilhas na vida dos leitores, não é, leitora clandestina?

Mas nenhum dos dois se compara ao que fizeram computador e internet. Ao que internet e computador fizeram, continuam fazendo e farão ainda por um bocado de tempo... *User ID* e senha na mão, *cyberleitor*?! Cá vamos então, fechando a viagem, em ritmo de *bits & bytes*.

O computador afeta profundamente o mundo literário.

Em primeiro lugar, ele favorece formas alternativas, mais baratas e mais práticas de distribuição de textos: os bancos de textos. Que disponibilizam livros inteiros, bibliotecas inteiras, impressas em papel ou legíveis apenas na telinha, à escolha do freguês. Ele também favorece livros eletrônicos, que já são ótimos, mas não são tudo.

O uso do computador tanto na produção quanto na leitura de textos permite ainda que percebamos, muito mais rapidamente, duas características marcantes da literatura contemporânea: a metalinguagem e a intertextualidade.

Ainda comigo, metaleitores e interleitoras? Já estamos quase lá...

A literatura contemporânea vive falando de si mesma, num autocentramento de dar complexo em divã. É grande a produção de poesia que fala de poesia, o poeta fala de poetas, o escritor fala de seu ofício, o conto conta história de contista, mundinho autorreferente, girando em torno do próprio umbigo. Mas tem charme, como por exemplo o conto de Sérgio Santana, que desde o título dá a maior bandeira: "Os contistas", ou o poema IX de *Arranjo para assobio*, de Manoel de Barros:

O poema é antes de tudo um inutensílio.

Hora de iniciar algum
Convém se vestir de roupa de trapo.
Há quem se jogue debaixo de carro
Nos primeiros instantes.

Faz bem uma janela aberta.
Uma veia aberta.

Para mim é uma coisa que serve de nada o poema
Enquanto vida houver

Ninguém é pai de um poema sem morrer[4]

4 Barros, Manoel de. Gramática expositiva do chão, in *Poesia quase toda*. Rio de Janeiro, Civilização Brasileira, 1990, p. 208.

O poema de Manoel de Barros é um belo exemplo de metalinguagem. São também metalingüísticos os versos em que Cecília Meireles exclama: "Palavras, ai palavras, que estranha potência a vossa!" Ou seja, nas ocasiões em que os escritores dividem com seus leitores suas ruminações sobre o que fazem, fazem metalinguagem. *Metalinguagem,* portanto, leitor meticuloso, é linguagem que fala de si mesma...

Mas quando o texto menciona direta ou indiretamente um escritor ou um escrito, fala-se de *intertextualidade.* Livros — é verdade — sempre falaram de livros, mas hoje essa tendência se intensificou muito: uma obra se refere a outra, que se refere a outra, que se refere a outra, numa rede quase infinita de menções múltiplas e recíprocas.

Entendido?

É isso que se chama *intertextualidade.*

Não é proparoxítona, não tem agá, mas é uma palavra de oito sílabas: in-ter-tex-tu-a-li-da-de! Palavra a que você foi apresentada lá atrás, no quarto capítulo, lembra, leitora desmemoriada? E este livro, com tantas epígrafes e tantas citações, é um bom exemplo de intertextualidade.

Mas essa corrente de citações não ocorre só na literatura. Você já viu o que Salvador Dalí fez com a Mona Lisa de Michelangelo. Ou ouviu na canção *Terezinha canta Terezinha*, de Chico Buarque, como ele reescreve a canção infantil *Terezinha de Jesus*?

Não se pode dizer, no entanto, que a intertextualidade seja invenção recente nas práticas literárias. Ela é, muito pelo contrário, freguesa antiga da literatura. Assumiu diferentes formas em diferentes momentos de diferentes tradições culturais. Veja, no caso da literatura brasileira, como poetas e romancistas, solidariamente, vão citando uns aos outros e os outros aos uns, tornando-se o texto literário uma espécie de texto sem fundo, no qual ecoam vozes de muitos e muitos textos.

No hoje longínquo século XVIII, Tomás Antonio Gonzaga gabava-se para sua Marília:

Eu tenho um coração maior que o mundo,
Tu, formosa Marília, bem o sabes:
Um coração, e basta,
Onde tu mesma cabes.[5]

Ao que parece responder outro poeta mineiro, nosso velho conhecido Carlos Drummond de Andrade, num poema publicado na primeira metade do século XX:

Não, meu coração não é maior que o mundo.
É muito menor.[6]

Também num dos mais conhecidos contos machadianos, *A missa do galo,* a sedutora Conceição pergunta a seu hóspede insone, na véspera de Natal:

— *Que é que estava lendo? Não diga, já sei, é o romance dos* Mosqueteiros.
— *Justamente: é muito bonito.*
— *Gosta de romances?*
— *Gosto.*
— *Já leu* A moreninha*?*
— *Do Dr. Macedo? tenho lá em Mangaratiba.*[7]

5 Gonzaga, Tomás Antonio. *Marília de Dirceu*. São Paulo, Martins, s/d, p. 94. (Col. Biblioteca de Literatura Brasileira)

6 Andrade, Carlos Drummond de. Mundo grande, in *Poesia completa e prosa*. Rio de Janeiro, Nova Aguilar, 1973, p. 116.

7 Machado de Assis. "A missa do galo". Páginas recolhidas, in *Obra completa*. Rio de Janeiro, José Aguilar, 1962, p. 608.

Ou seja, leitora sucinta, não se pode mesmo dizer que intertextualidade seja uma invenção moderna. Mas se pode observar — com razão — que ultimamente a prática ficou explícita e frontal e que é no hipertexto que ela melhor se manifesta.

Hipertexto e intertexto: são uma rima e uma solução, hiperleitor drummondiano!

O hipertexto materializa o tipo de leitura — intertextual — que com freqüência a literatura pede. Eletronicamente armazenado, o hipertexto — um texto-mãe, leitora maternal? — armazena subjacente a cada um de seus elementos constituintes outros textos com os quais se articula. Um hipertexto é, assim, uma malha de textos eletronicamente articulados por seu autor, podendo o leitor, ao navegar por ele, atualizar ou não as articulações que ele prevê. Por isso o hipertexto parece constituir suporte tecnológico que melhor favorece escrita e leitura intertextuais e através dele começamos a perceber os horizontes fecundos que os computadores abrem para o mundo das letras, da leitura, da literatura.

O computador contribui também para os estudos literários, já que a teoria do hipertexto fortalece uma concepção de literatura que a entende como um tipo de discurso cuja leitura supõe um leitor capacitado a recuperar de forma consciente as formas de intertextualidade — menções a outros textos — presentes em cada texto que ele lê.

Nesse sentido, a leitura literária exige familiaridade do leitor com o repertório de textos com que se articula cada um dos textos que ele lê, repertório em constante expansão, mais e mais aberto, quanto mais o leitor lê.

Os textos se enredam mutuamente porque constituem uma rede, porque um remete a outro, que remete a outro, que remete a outro. Tantos *outros* quantos, na sua memória, conseguir agenciar o leitor que pode, até mesmo, passar de uma linguagem a outra, enlaçando-as em significados que, transcendendo ambas, criam uma terceira. Uso a expressão *enredamento*, leitor enrolado, de forma intencional: homenagem discreta àquela aranhazinha que discuti com tão pouca cerimônia lá atrás no capítulo dois.

Esse diálogo interlinguagens (intersemiótico) também não é novidade do tempo dos computadores.

Já se fazia presente em inscrições rupestres nas quais, por exemplo, a representação de um vulto de animal era às vezes acompanhada de sinais gráficos que (supõe-se! apenas *supõe-se*, leitora crédula!) representavam a denominação do animal ou formas propiciatórias para a captura dele, ou, talvez, fórmulas rituais, caso o animal fizesse parte de algum culto religioso. Nesse caso, a intertextualidade superpõe códigos e linguagens, o que também ocorre, por exemplo, quando a linguagem verbal se acopla à linguagem visual nos já comentados poemas visuais, ou quando as artes visuais se inspiram em obras literárias (como o quadro *Moema*, de Belmiro Almeida, inspirado na personagem do poema "Caramuru" de Santa Rita Durão) ou, ainda, quando a obra literária tematiza obras musicais como o belo romance *Variações Goldman* de Bernardo Ajzemberg[8], onde a menção constante e significativa a uma peça de J. S. Bach (*Variações Goldberg)* constitui uma espécie de partitura da vida da personagem.

Viabilizado pela atual tecnologia de informática, ao facilitar múltiplas e simultâneas alusões de um texto a outros, o hipertexto estabelece vínculos fortes com a noção de intertexto que, enquanto ferramenta analítica, antecipa e anuncia o hipertexto.

É como se o hipertexto materializasse o sonho da intertextualidade, da polifonia e da multimedialidade que já buscava realização tanto nos antigos poemas-objeto do século XVII, nos caligramas de Appollinaire, quanto no conceito do poema *verbi-voco-visual* dos concretistas brasileiros dos anos cinqüenta do século passado. São, então, nada menos do que os pressupostos dessa sofisticada poética, cuja leitura se fazia por uma glamurosa e pouco numerosa vanguarda de leitores (e que no Brasil até hoje é polêmica e acirra paixões e maus modos...) que agora se disponibilizam para uma imensa massa de consumidores, de videogames a CDs multimídia de arte, de ciência e de cultura.

8 Cf. Ajzemberg, Bernardo. *Variações Goldman*. Rio de Janeiro, Rocco, 1998.

Não é mesmo, leitora descolada?

Por hipótese, agora, seus consumidores podem ser tantos quantos são os usuários da *www/internet*, que tiveram sua alfabetização em *games* & *softwares* e que nos perguntam a nós, mestres em letras & literaturas: *trouxeste a chave?*

E ai de nós se não a trouxermos, que sem *password* não há travessia para a *net* e a *net* é um outro mundo, do qual estamos apenas no vestíbulo.

Mundo grande demais para as magras páginas deste despretensioso livrinho! Despretensioso sim, mas com todo respeito, leitor abusado! Que mais do que solucionar questões, um livro tem é que renovar questões, recolocá-las de ângulos novos, refinar perguntas, aguçar curiosidades. O departamento das respostas é sempre território livre do leitor, senhor absoluto de sua cabeça e de sua vontade.

E, independentemente das respostas a estas e a outras questões, mas dependendo da sua cabeça e da sua vontade, a literatura no século XXI — quaisquer que sejam as formas que dela sobrevivam ou as novas que se inventem — continuará seu velho ofício de arrumar em palavras o desarrumado das cabeças e dos corações. De todos. De crianças, de homens e de mulheres como nós e diferentes de nós.

Em prosa e verso.

Corações e cabeças arrumados, é chegar da viagem, e fechar este livro.

E depois abrir outros, muitos outros: livrões e livrinhos, livros e revistas, fanzines e *homepages*, *sites* e hipertextos, CD-ROMs, panfletos, jornais, fitas, CDs e DVDs. E ouvir música e cantar e seguir novelas, que a festa é de arromba e, já se sabe, *o melhor o tempo esconde longe, muito longe, mas bem dentro aqui.*

O que é literatura?

Ora, com a palavra, meus queridos leitores e amadíssimas leitoras, a quem agradeço penhorada a companhia e a discussão ao longo destas longas maltraçadas!

Leituras de torna-viagem

Aleluia que li Baudelaire em Baudelaire!
Não o seu Santo Evangelho segundo Walter Benjamin[1]

Ali atrás, ficou a sugestão de livrões e de livrinhos, fitas K-7, CD-ROMs, hipertextos e similares objetos de leitura.

Que sejam bem-vindos todos os textos, principalmente aqueles de que se gosta ou se vem a gostar na solidão do encontro. Afinal, para quem quer saber o que é literatura o melhor é mergulhar na própria, sem fronteiras e sem delongas, sem esquecer nada nem ninguém.

Ao lado dessa leitura, que é a essencial e insubstituível, para muitos pode interessar a leitura de textos que se perguntaram e se responderam, em diferentes momentos e em variadas situações, *o que é*, *como se faz* e *para que serve* literatura.

Para estes, aqui vão sugestões para um *menu* caprichado, ainda que *light*.

Começando com obras gerais e/ou de referência, a lista inclui o *Pequeno dicionário de literatura brasileira*, José Paulo Paes e Massaud Moisés (São Paulo, Cultrix); as *Palavras da crítica*, livro organizado por José Luís Jobim (Rio de Janeiro, Imago, 1992);

1 Garcez, Maria H. N. "Aclamação", in *Telhado de vidro*. São Paulo, João Scortecci, 1988, p. 81.

A criação literária, de Massaud Moisés (São Paulo, Melhoramentos); e o clássico *Teoria literária*, de René Wellek e Austin Warren (Editora Europa/América), além de três histórias da literatura brasileira: a *História concisa da literatura brasileira*, de Alfredo Bosi (São Paulo, Cultrix/Edusp), a *História da literatura brasileira*, de Luciana Stegagno Picchia (Rio de Janeiro, Nova Aguilar) e a primorosa *Iniciação à literatura brasileira* de Antônio Cândido (São Paulo, Humanitas – Publicações FFLCH/USP). Para uma introdução do estudo da poesia: *Poesia não é difícil*, de Carlos Felipe Moisés, é uma beleza (Porto Alegre, Artes e Ofícios, 1996) e para o estudo da narrativa vale a pena consultar o *Dicionário da narrativa*, de Carlos Reis e Ana Lopes (São Paulo, Ática, 1988). Para uma introdução muito original à literatura brasileira contemporânea, *A imagem e a letra*, de Tânia Pellegrini (São Paulo, Fapesp/Campinas, Mercado de Letras, 1999).

Mas a lista de obras a ficarem ao alcance da mão precisa incluir interpretações polêmicas de questões literárias, feitas a partir de variados pontos de vista, e de diferentes orientações teóricas e metodológicas. A estante dessas leituras inclui (em ordem alfabética pelo sobrenome do autor): *Literatura e sociedade*, de Antonio Cândido (São Paulo, Nacional, 1967); *Teoria literária: uma introdução*, de Terry Eagleton (São Paulo, Martins Fontes, 1992); o *ABC da literatura*, de Ezra Pound (São Paulo, Cultrix, s/data); *O que é literatura?*, de Jean-Paul Sartre (São Paulo, Ática, 1989); e *Altas literaturas*, de Leyla Perrone-Moisés (São Paulo, Companhia das Letras, 1999). Antonio Cândido discute diferentes manifestações da relação entre obras literárias e o contexto social em que surgem, circulam e são lidas. O livro de Terry Eagleton é fundamental: inicia o leitor em modos contemporâneos de pensar a literatura, com um olhar sempre pautado pelas instituições literárias, e com um humor irresistível. O livro de Ezra Pound, cujo nome lembra título de cartilha, é interessantíssimo e muito curto. Com irreverência, o autor investe contra alguns dos preconceitos mais correntes relativos à literatura e especula sobre relacionamentos muito sugestivos entre autor e texto. Já o filósofo Jean-Paul Sartre, para responder à pergunta que dá título a seu livro, enfatiza particularmente a situação do escritor e do leitor, antecipando, com isso, problemas que até hoje se colocam para quem se questiona sobre natureza e funções da literatura. Leyla Perrone-Moisés é uma excelente leitura para uma posição face aos estudos literários bastante distinta da que assumi ao longo do livro.

Finalizando, a Biblioteca do Clube dos Leitores Anônimos precisa ter espaço para obras que discutam aspectos ou manifestações ou muito específicas ou muito polêmicas, ou pouco estudadas da literatura. Sempre por ordem de sobrenome do autor, o elenco aqui inclui *Histórias de cordéis e folhetos,* de Márcia Abreu (Campinas, ALB/Mercado de Letras, 1997); *A poesia da canção* [Lirismo e história nas letras da MPB], de Joaquim Alves Aguiar (São Paulo, Scipione,1995); *Crônica: história, teoria e prática*, de Flora Bender e Ilka B. Laurito (São Paulo, Scipione, 1993); *Introdução à literatura negra*, de Zilá Berndt (São Paulo, Brasiliense, 1988); *Ação, suspense e emoção: literatura e cultura de massa no Brasil*, de Sílvia H. Borelli (São Paulo, Educ, 1996); *A aventura do livro — do leitor ao navegador*, de Roger Chartier (São Paulo, Unesp, 1998); *Desafiando o cânone: aspectos da literatura de autoria feminina na prosa e na poesia (anos 70/80)*, organizado por H. P. Cunha (Rio de Janeiro, Tempo Brasileiro, 1999); *As marcas da escravidão*, de Heloísa Toller Gomes (Rio de Janeiro, EUERJ, 1994); *Mulheres e literatura: [trans]formando identidades*, de Rita Schmidt (Porto Alegre, Palloti, 1997); *Tudo no feminino: a mulher e a narrativa brasileira contemporânea*, organizado por Elódia Xavier (Rio de Janeiro, Francisco Alves, 1991); *Possessões maravilhosas*, de Stephen Greenblatt (São Paulo, Edusp, 1996); *Folhetim [uma história]*, de Marlise Meyer (São Paulo, Companhia das Letras, 1996); *A formação da leitura no Brasil*, minha e de Regina Zilberman (São Paulo, Ática, 1996).

BIBLIOGRAFIA GERAL

Abreu, Márcia. *Histórias de cordéis e folhetos*. Campinas, ALB/Mercado de Letras, 1997.

Aguiar, Joaquim A. *A poesia da canção* [Lirismo e história nas letras da MPB]. São Paulo, Scipione, 1995.

Alencar, José de. *Iracema*. Porto Alegre, L&PM, 1997.

________. *Lucíola*. São Paulo, Moderna, 1998.

Almeida, Manuel Antonio de. *Memórias de um sargento de milícias*. São Paulo, Ática, 1975.

Andrade, Carlos Drummond de. Mundo grande, in *Poesia completa e prosa*. Rio de Janeiro, Nova Aguilar, 1973.

Andrade, Mário de. "Prefácio interessantíssimo", Paulicéia desvairada, in *Poesias completas*. São Paulo, Martins, 1966.

Azevedo, Aluísio. *O homem*. São Paulo, Martins, s/d.

Azevedo, Álvares de. Lira dos vinte anos. *Obras completas de Álvares de Azevedo*. Organização de Homero Pires. São Paulo, Nacional, 1942.

Bandeira, Manuel. *Estrela da vida inteira*. Rio de Janeiro, José Olympio, 1966.

________. (org.). *Antologia dos poetas brasileiros da fase parnasiana*. Rio de Janeiro, Imprensa Nacional, 1937-8.

Barros, Manoel de. *Gramática expositiva do chão (Poema quase toda)*. Rio de Janeiro, Civilização Brasileira, 1990.

Bender, Flora & Laurito, Ilka B. *Crônica: história, teoria e prática*. São Paulo, Scipione, (Col. Margem do Texto), 1993.

Berndt, Zilá. *Introdução à literatura negra*. São Paulo, Brasiliense, 1988.

Bilac, Olavo. *Poesias*. Organização e prefácio de Ivã Teixeira. São Paulo, Martins Fontes, 1997.

Borelli, Sílvia H. *Ação, suspense e emoção: literatura e cultura de massa no Brasil*. São Paulo, Educ, 1996.

Bosi, Alfredo. *História concisa da literatura brasileira*. São Paulo, Cultrix/Edusp.

Brasil, Joaquim. *Eros, tecelão de mitos: a poesia de Safo de Lesbos*. São Paulo, Estação Liberdade, 1991.

Camargo, Oswaldo (org.). *A razão da chama: antologia de poetas negros brasileiros*. São Paulo, GDR, 1986.

Cândido, Antonio. *Literatura e sociedade*. São Paulo, Nacional, 1967.

Chartier, R. *A aventura do livro — do leitor ao navegador.* São Paulo, Unesp, 1998.

Coelho, Paulo. *O alquimista*. Rio de Janeiro, Rocco, 1995.

Cruz e Sousa. Últimos sonetos, in *Obra completa*. Rio de Janeiro, Nova Aguilar, 1995.

Culler, J. *Teoria literária: introdução*. São Paulo, Beca, 1999.

Cunha, H. P. (org.). *Desafiando o cânone: aspectos da literatura de autoria feminina na prosa e na poesia (anos 70/80)*. Rio de Janeiro, Tempo Brasileiro, 1999.

Dimas, Antonio (org.). *Aluísio Azevedo*. São Paulo, Abril Educação, 1980. (Col. Literatura Comentada)

Eagleton, T. *Teoria literária: uma introdução*. São Paulo, Martins Fontes, 1992.

Ezra Pound. *ABC da Literatura,* São Paulo, Cultrix, s/data.

Fagundes Varela. *Poesias completas de L.N. Fagundes Varela*. Organização e apuração de texto de Miécio Tati e E. Carrera Guerra. São Paulo, Nacional, 1957.

Fontela, Orides. *Teia*. São Paulo, Geração, 1996.

Garcez, Maria. H. N. "Aclamação", in *Telhado de vidro*. São Paulo, João Scortecci, 1988.

Gomes, Heloísa Toller. *As marcas da escravidão*. Rio de Janeiro, EUERJ, 1994.

Gonzaga, Tomás Antonio. *Marília de Dirceu*. São Paulo, Martins, s/d, (Col. Biblioteca de Literatura Brasileira)

Greenblatt, Stephen. *Possessões maravilhosas*. São Paulo, Edusp, 1996.

Gregório de Matos. "A uma dama, pela mesma idéia", *in Obras completas*. São Paulo, Cultura, 1945, v. 1. (Série Os Mestres da Língua)

Jobim, José Luís (org.). *Palavras da crítica*. Rio de Janeiro, Imago, 1992.

Kaplan, E. O. *O mal-estar no pós-modernismo: teoria e práticas*. Tradução de Vera Ribeiro. Rio de Janeiro, Zahar, 1993.

Lajolo, M. & Zilberman, R. *A formação da leitura no Brasil*. São Paulo, Ática, 1996.

Laurito, Ilka Brunhilde. "Saldo", in *Saldo lírico*. São Paulo, Quirón, 1978.

Leite, Sebastião Uchoa. *Obra em dobras*. São Paulo, Duas Cidades, 1988.

Leminski, Paulo. *Caprichos & relaxos*. São Paulo, Brasiliense, 1983.

Macedo, Joaquim Manuel de. *A Moreninha*. Edição crítica preparada por Tânia Serra. Rio de Janeiro, Lacerda, 1997.

Machado de Assis. "Anedota pecuniária", Histórias sem data, in *Obra completa*. Rio de Janeiro, José Aguilar, 1962.

________. Memórias póstumas de Brás Cubas, in *Obra completa*. Rio de Janeiro, José Aguilar, 1962.

Mattoso, Glauco. *Língua na papa*. São Paulo, Pindaíba, 1982.

Mendes, Murilo. "A estátua do alferes", in *História do Brasil*. Rio de Janeiro, Nova Fronteira, 1991.

Meyer, Marlise. *Folhetim [uma história]*. São Paulo, Companhia das Letras, 1996.

Moisés, Carlos Felipe. *Poesia não é difícil*. Porto Alegre, Artes e Ofícios, 1996.

Moisés, Massaud. *A criação literária*. São Paulo, Melhoramentos.

________ & Paes, José Paulo. *Pequeno dicionário de literatura brasileira*. 2. ed. São Paulo, Cultrix, 1980.

Monteiro Lobato. "Marabá". Apud Lajolo, Marisa. *Contos escolhidos*. 3. ed. São Paulo, Brasiliense, 1993.

Paes, José Paulo. "Meia palavra", in *Um por todos* (poesia reunida). São Paulo, Brasiliense, 1986.

Paixão, Fernando. "Retrato", in *25 azulejos*. São Paulo, Iluminuras, 1999.

Pellegrini, T. *A imagem e a letra*. São Paulo, Fapesp/Campinas, Mercado de Letras, 1999.

Perrone-Moisés, Leyla. *Altas literaturas*. São Paulo, Companhia das Letras, 1999.

Pessoa, Fernando. Odes de Ricardo Reis, in *Obra poética*. Rio de Janeiro, José Aguilar, 1969.

Picchia, Luciana S. *História da literatura brasileira*. Rio de Janeiro, Nova Aguilar, 1997.

Pound, Ezra. *ABC da literatura*. São Paulo, Cultrix.

Ramalho, C. (org.). *Literatura e feminismo: propostas teóricas e reflexões críticas*. Rio de Janeiro, Elo, 1999.

Reis, C. & Lopes, Ana C. *Dicionário da narrativa*. São Paulo, Ática, 1988.

Sartre, J.-P. *O que é literatura?* São Paulo, Ática, 1989.

Schmidt, R. T. *Mulheres e literatura: [trans]formando identidades*. Porto Alegre, Palloti, 1997.

Simon, I. & Dantas, Vinícius (org.). *Poesia concreta*. São Paulo, Abril Educação, 1982.

Spina, Sigismundo. *A lírica trovadoresca*. São Paulo, Edusp, 1991.

Thiago de Mello. "Palavra perto do peito", in *De uma vez por todos*. Rio de Janeiro, Civilização Brasileira, 1996.

Vogt, Carlos. "Advertência", in *Geração*. São Paulo, Brasiliense, 1985.

Xavier, E. (org.). *Tudo no feminino: a mulher e a narrativa brasileira contemporânea*. Rio de Janeiro, Francisco Alves, 1991.

Zilberman, R. & Moreira, Maria Eunice. *O berço do cânone*. Porto Alegre, Mercado Aberto, 1998.